我們站在裂縫和光影間久久注視，

這些新升起的形象。

———— 也斯

有詩的

時候

區聞海　著

前言

詩也有時

這本書寫一些小詩的故事、有詩的時刻、詩連結著的人物。時代主要劃在二十世紀,但不限於此。主要談現代漢詩(中國現代詩,視乎脈絡簡稱為「新詩」或「現代詩」),也選了數首翻譯詩。

一些自己並不完全明白的緣由,讓我近年重新碰觸到新詩的世界。這個世界豐富有趣,其中有掙扎、試驗、開拓。當我再走進這個世界,忽然不明白為何「新詩」二字會令不少人覺得難以親近。我想,只要喜歡閱讀,誰也可以像我這樣,碰觸一下這個有點奇妙的世界——哪怕只是淺嚐。

動筆寫的時候，我還在醫院管理局工作，醫管局內有照顧員工心理健康的服務中心，稱為「心靈綠洲」，我在這空間講了幾場「午間詩語」，試為忙碌的同事談一些小詩，聽者不厭，讓我添了一點寫下去的信心：詩是可以親近人的。

*　*　*

這是一本不大可能出現的書，尤其不大可能由我寫成。過去三十多年，我全職醫務工作，工餘寫專欄，很少談詩。我完整地寫過兩本書（《當中醫遇上西醫：歷史與省思》，2004；《醫院筆記：時代與人》，2016），算是從醫學跨進了人文學科領域，但那兩本書起碼還有一條腿還是立足於醫學本業。詩呢？唯一的履歷是大學年代讀詩寫詩，曾經有些著迷，未發表過便去參加「青年文學獎」。

行醫之後，讀詩斷斷續續，沒有再寫詩，我以為這是所謂 growing out of it，隨著年紀增長，年輕時期的「浪漫」會自然消逝，不料三十多年後詩緒無端重來。自知無意追拾少年心情，這個有詩緒的我是誰？無論如何，我又試寫了，其中一些放在個人博客「區聞海小記」上面。

有些人是詩人，像蔡炎培、北島、也斯，以詩表達自己和深

入心靈世界。我不是及格的寫詩人，但偶爾腦海浮生詩句，捕捉得住便是一首小詩。

書的具體意念在二〇一六年春天冒起。這年春天，香江小城諸事不寧。五月一日，費了十五個月力氣寫成的《醫院筆記：時代與人》終於定稿，電郵送了出去。早兩天寫下一首小詩〈不，我不會〉，這天早上也在網誌貼出。詩有一絲輕淡的感傷味道，完成一本書的感覺卻是釋然自在。就是這個清晨，在混雜的感覺中冒起一個寫作意念：詩也有時。

〈不，我不會〉

不，我不會蓄養這一點感傷
或是任何一點
空氣太稀薄了
不再承載鴿子的羽毛
或是任何需要空氣承載的物體
遂無從遞送訊息

安靜吧
要不讓每一點感傷消散
要不屏息

竭盡每一點氣力

聽

僅餘的希聲也將失去

中國新詩誕生於白話文運動時期，很年輕，至今只一世紀多。砸爛文言文和舊體詩並不難，只是一旦棄掉傳統體裁，怎樣才算一首詩？關於新詩形式的爭論，纏擾半個世紀，到一九四九年後才逐漸消散。

這本書不講有關新詩形式的爭論和掙扎。我想寫一些真實的詩人和真實的詩，讓普通讀者碰觸。

只是，怎樣的詩才是真實的詩？

艾米莉・狄金森（Emily Dickinson，或譯艾蜜莉・狄金生，1830-1886）是傳奇詩人，從風格到形式用字都獨特，違反傳統的詩歌規則。她一生中只發表過十來首詩，死後人們卻驚奇地發現她遺下一千八百多首詩！這些詩陸續分批出版時，直接觸動人心，讀者反應空前熱烈。她的小詩大都無題，有些極短，有如斷章。一首編號「1472」的小詩，只有三句，末句只有三個字：「True Poems flee ──」。

To see the Summer Sky

Is Poetry, though never in a Book it lie ——

True Poems flee ——

一種不錯的中譯是：

看著夏天天空

是詩　思緒從不在書中——

真正的詩飛逝——

這翻譯不完全準確，詩人並非感嘆抓不住詩緒而讓詩飛逝。狄金森詩的靈慧洞悉是：真的詩是活的，容易逃脫，不讓你輕易抓住，不會受困在文字之中。

我看這首小詩可以更乾脆地翻譯：

看夏日天空

是詩，它從不在書中——

真的詩會逃——

前兩次寫書的過程都是慢慢累積材料，思考多年，到某一刻才結晶成為寫作意念，那是老實修行而「漸悟」；今次相反，

意念無端而來，彷似「頓悟」卻沒有底，這才起步去閱讀修行。腦袋理性的一半提醒我：寫與詩有關的題目不是好主意，然而意念來了揮之不去。它不讓我逃走，它就是真實的。

詩的體會其實需要日子浸淫，急不來。趕緊動筆寫下「前言」，有若夜行人吹口哨：不怕，不怕，只管往前走便是。

* * *

盛夏一個周五，到藍田與詩人蔡炎培早茶。二十世紀九十年代初，他在《明報》編輯副刊時開創先河，讓三個年輕醫生合寫專欄〈大夫小記〉，我是其中一位。早年他任《青年文學獎》新詩組別評審，還看過我的一首小詩，那在一九七七年左右。如此這般數算文字因緣，算到七十年代，是頗為牽強的。這回早茶之前我們其實只見過兩次面，我的感覺卻似舊相識。

相約見面，藉口「面呈」剛面世的書《醫院筆記：時代與人》，實則「另有所為」。因為剛冒起與詩有關的寫作意念，我想聽聽詩人對這個主題的看法。可是坐下來，詩人一聊起詩就像隨意的流水，我只顧得「溯游從之」，適意漫談，「有所為」變成「無所謂」了。

閑談中我說到，自己在中學時期偶然從大姊的小書架取閱余光中《蓮的聯想》，因而初次窺見新詩的世界，在此之前只認真讀過冰心〈紙船〉一首新詩。蔡詩人竟然記得十多年前我有一篇專欄文章介紹過他的詩集，與冰心有關。

回家找出這篇文章，是二〇〇五年七月十八日刊登的，題為〈詩言蔡〉。

收到蔡詩人炎培的詩集《十項全能》，內中錄有他早年的篇章，每首詩的下邊註記了寫於何時何地，詩集後面又有富情味的個人年表。恰巧這幾天家裏大掃除，翻出大學時代的新詩稿，稿鋪了塵，塵埃寄居了塵埃蟎，塵埃蟎令我的敏感發作，涕淚都來了，我便在涕淚中對照他的詩路和自己的詩之夭折之路。

在我的最佳年份，寫詩水平約可相當於他十八歲寫的〈我為我們這一代歌唱〉。他補記說「此詩何其芳痕跡相當明顯」。我寫詩也經過何其芳（和戴望舒）。

攀比只能到此為止。假如當年努力寫下去，或

者尚可寫出類似這幾句：「我們這裏便是夜／懷人麼／沒有傘的日子」，但一定寫不出下一句「你我都是那方的雨天……」（〈小品的夜〉）。美麗晶瑩的詩句必定是天賜的：「詩人了無句號／而詩的瓷質　在大海靜止之處銹著鹽」（〈回歸線上〉）不懂也會感動。

我夢想的詩是這樣的：「我是你的小讀者／摺紙船／摺了一隻又一隻／放入水／水一樣的聲音／水一樣地流去了／慰冰」（〈扇面〉）。他毫不費力就信手從冰心那裏拈來了！「水慰冰」，神奇。

我這篇專欄文字對「慰冰」有「美麗的誤讀」，換來詩人一箋信指正。這在書的最後部分寫到蔡炎培時再說。

早茶回來便開始寫。從何寫起？「溯游從之」是隨水流而行，這本書就從冰心的小詩寫起，預計寫到也斯（梁秉鈞，1949-2013）作結。

書有三部分，在每一部分之末我做一個列表，列出那部分出現的詩人與詩。

目錄

第一部分

新詩初生與成長

冰心的小詩

為詩掙扎

不測的時分

自嘲詩

個體尊嚴

民族大生命

情意與感悟

生疏與親密

從有詩到無詩

樹林裡的玩家

墓畔詩

獄中詩

十四行詩

孤寂與死生

告別天真

給爸爸的玩藝

做人第一

〈雨巷〉 （節錄）　　戴望舒

撐著油紙傘，獨自
彷徨在悠長，悠長
又寂寥的雨巷，

冰心的小詩

冰心（謝婉瑩，1900-1999）的小詩常常有驚嘆號：驚嘆海、
驚嘆自然；頌嘆父親、頌嘆母愛。我不大喜愛有很多驚嘆號
的詩，要不是讀到廢名（馮文炳，1901-1967）講冰心的詩，
還不知道自己錯過了甚麼。

廢名自己是詩人，生前名氣不高，死後才再獲評價。他的
腦筋與其他人不同，論新詩直指本心，絕無學究氣味。
一九三五至一九三六年，廢名在北京大學中文系現代文藝課
程講授新詩，第十一講談冰心的詩，透闢得很。

廢名選講了冰心多首小詩，其一是《繁星》第一百一十六首，
他拿來與曾獲諾貝爾文學獎的著名詩人泰戈爾一首詩意相近
的小詩比較：

　　《繁星》116　　　冰心

　　海波不住的問著岩石，

岩石永久沉默著不曾回答；

然而他這沉默，

已經過百千萬回的思索。

這首小詩不押韻，甚至並不精緻玲瓏，算得上是真的詩嗎？廢名分析同代人的新詩，在某些觀點是頗為執著的，但對新詩形式自由化很體諒：「作者自己相信自己有一首詩，這首詩寫得同散文沒有分別，然而還是一首詩。」

與之對照，泰戈爾的一首意念相似的詩才是「正統」寫法：

〈迷途的鳥〉　　泰戈爾

「你說的是那一種語言呢，啊，海？」
「語言而為永久之問。」
「你答的是那一種語言呢，啊，天？」
「語言而為永久之默。」

原詩：

"What language is thine, O sea?"
"The language of eternal question."

"What lauguage is the answer, O sky?"
"The language of eternal silence."

廢名對《繁星》第一百一十六首評價甚高：「這首詩，無論就詩趣說，就詩裏的意思說，是一首很高的詩。 我們從這一首詩也可以看出作者寫詩是同寫散文一樣，『然而他這沉默，已經過百千萬回的思索』這一句是散文的寫法了。 我覺得我很能了解這個原因，因為我自己也有這個經驗，那時期的作家大約真是『行無餘力』，大家好（不）容易照顧著一個詩的生命了，有一首詩來就直接的寫出來了。」

這是白話詩的最早期，冰心的詩雖然寫得有些像散文，也不能苛求了，有生命的詩難得。廢名是從詩趣、詩意來判斷冰心《繁星》第一百一十六首是真的詩。

父親與海

冰心不少詩作寫到海，寫得比其他詩人更真切和親近。廢名說，冰心的詩文都有「海的氣息」。這與她的父親有關。冰心詩集裏有兩首詩題為《安慰》，其中第二首想像父親向她說話：

> 二十年的海上，
> 我呼吸著海風——
> 我的女兒！
> 你文字中
> 怎能不帶些海的氣息！

冰心是福建人，父親謝葆璋（1866-1940）早在十七歲時經翻譯家、思想家嚴復介紹，考入李鴻章創辦的天津水師學堂，於第一屆以優異成績畢業。畢業後他任職北洋艦隊，參與中日甲午戰爭。這是慘烈之戰，北洋艦隊全軍覆沒，無數將士戰死。清朝的海軍官兵多是福建籍，死的也就多是福建人。謝葆璋在新婚後不久便出戰，冰心的母親楊福慈每天等

候丈夫音訊。居家的那條街上每隔幾家就有一家門前貼上快馬送來的雪白的陣亡榜，她悄悄買了鴉片煙膏藏好，準備一旦收到丈夫陣亡的消息就服毒自盡！

最後謝葆璋終於歸來，楊福慈就懷孕誕下了冰心。

一九〇三年初，冰心三歲，謝葆璋調赴煙台，升任新創辦的海軍學堂校長。冰心在煙台海邊生活近八年，「晴朗之日，海不揚波，我抱膝沙上，悠然看潮落星升。風雨之日，我倚窗觀濤，聽浪花怒撼岩石。」（冰心：〈我的童年〉）「我是這個闊大舞台上的『獨腳』，有時在徘徊獨白，有時在抱膝沉思。」（冰心：〈往事．十〉）她的詩句含有真實的海的氣息，來自童年。

《繁星》第一百一十三首像是冰心對父親的回答：

> 父親呵！
> 　我怎樣的愛你，
> 　　也怎樣愛你的海。

廢名說「這不能算作一首詩」。表達的感情是真實的，但廢名評說，「詩情總不能說是隔，（但是）詩反而寫得隔了。」

廢名擊節讚許的是第七十五首：

> 父親呵！
> 出來坐在月明裏，
> 我要聽你說你的海。

他的評語説：「這首小詩，卻是寫得最完全，將大海與月明都裝得下去，好像沒有甚麼漏網的了。」

冰心最好的詩都由瞬間的詩情驅動，她的詩常有真感情，不矯揉，讓讀者同樣感到有一些詩的時刻，但真實詩情還得尋著合身的詩句才能成就真的詩。

有些詩的情意可以直接感人，就是所謂「不隔」。廢名喜愛晚唐詩，尤其愛李商隱（813-858），他的一首〈錦瑟〉就是自足而「不隔」的詩，感動幾百年後無數詩人和讀者：

> 滄海月明珠有淚，藍田日暖玉生煙。
> 此情可待成追憶，只是當時已惘然。

雖有考據説「珠有淚」和「藍田玉」各有典故，但並未發現甚麼特別的故事，只知道李商隱寫下這首詩後兩年便去世，

享年只有四十五歲。李商隱當官經歷過麻煩的黨爭，愛妻又先他去世，漂泊多年後回到故鄉孤單而死。李商隱的詩有點隱晦朦朧，不需要背景故事也感人。

詩句可以獨立欣賞，然而知道詩與人的故事，往往會讀出多一重味道。

樹林裏的玩笑

為了寫此書而翻閱資料時，我偶然發現自己和不少喜歡羅伯特·佛洛斯特（Robert Frost，或譯佛羅斯特，1874-1963）的讀者一樣，對他的一首經典小詩〈The Road Not Taken〉完全會錯意！

一九九七年，波士頓大學的詩人學者羅伯特·平斯基（Robert Pinsky，1940- ）獲頒美國桂冠詩人獎。歡欣之餘，他在想：在半學術圈外，誰會理會詩？於是想到利用桂冠詩人的榮譽推廣讀詩的文化做點甚麼。在課堂上他叫學生自選最喜愛的詩與大家分享，於是「照版煮碗」，公開向全美國徵求大家最喜愛的詩，稱為「The Favourite Poem Project」。在兩年內，Pinsky 收到從五歲到九十九歲的讀者寄來的一萬八千多份提名，包括幾千份錄音和錄像。Frost 兩首抒情短詩在最受喜愛名單上佔了第一和第五位，第一位便是小詩〈The Road Not Taken〉。

〈The Road Not Taken〉有多種譯本，我糅合了幾種譯本，主

體約七成採用曹明倫譯本，並參考網上紫蓉的譯本，再幾處
改動，希望更貼近原詩的意思和語感，例如曹明倫譯第二節
首句為「然後我毅然踏上了另一條路⋯⋯」，我看不應加上
「毅然」二字，因為如此充分地肯定抉擇，並不符合詩的語
感和原意。

〈未走的路〉

澄黃樹林裏分出兩條小路，
但我不能兩條都走；
我一人久久佇立，在分岔路口，
眺望一條小路的盡頭，
直到它轉彎，隱沒樹叢深處。

然後我踏上另一條路，
它看來一樣好，也許更值得嚮往，
因為這兒野草叢生，等著人跡；
其實若說罕見旅人踏足，
兩條小路幾乎一模一樣。

那天清晨兩條路都鋪滿落葉，
上面同樣沒有踩踏痕跡。

啊，第一條路留待他日再走吧！
卻是心知世間阡陌縱橫，
我不以為他日會再來此地。

某年某月，很久以後，
我將在某處低聲嘆息：
樹林中曾遇兩條岔路，而我──
我踏上少人行的那一條，
自此一切變得截然不同。

〈**The Road Not Taken**〉

Two roads diverged in a yellow wood,
And sorry I could not travel both
And be one traveler, long I stood
And looked down one as far as I could
To where it bent in the undergrowth;

Then took the other, as just as fair,
And having perhaps the better claim,
Because it was grassy and wanted wear;
Though as for that the passing there

Had worn them really about the same,

And both that morning equally lay
In leaves no step had trodden black.
Oh, I kept the first for another day!
Yet knowing how way leads on to way,
I doubted if I should ever come back.

I shall be telling this with a sigh
Somewhere ages and ages hence:
Two roads diverged in a wood, and I ——
I took the one less traveled by,
And that has made all the difference.

臺灣女詩人張香華為此詩得獎而雀躍：Frost 是她喜愛的美國詩人，〈The Road Not Taken〉是她喜愛的詩。她高興地撰寫介紹這首詩的文章，附載中譯，詩題譯為〈沒有人走過的路〉。跟我一樣，她會錯意，誤以為 Frost 在勉勵人們要敢於走無人走過的路。恰恰相反，詩中主角是在反覆猶豫，惦記著當年那另一條自己沒有選擇走的路，懷疑自己可能錯過了人生的另一個版本。

Frost 前半生坎坷得近乎潦倒，風格不合時流，在美國不得

志。他遠赴英國，四十歲才在英國出版第一本詩集，成名後返回美國，在翌年寫成〈The Road Not Taken〉。他生性孤傲，少知己朋友，英國詩人 Edward Thomas（1878-1917）是罕有的一個。Frost 把這首新作寄給 Thomas，自鳴得意地對他說：我誦讀這首詩給這兒的大學生聽時，已竭力提醒他們這只是遊戲之作，他們卻竟然嚴肅地揣摩箇中的勵志深意呢。

Thomas 卻不覺得好笑，與多數讀者（包括張香華和我）一樣，他認為 Frost 這首詩的確似在勉勵人走不隨俗的路，那些大學生並非自作多情，實是此詩寫得曖昧，被詩人誤導了才會誤讀。

其後，Frost 向 Thomas 揭開謎底，這首詩的本意原來竟是在取笑 Thomas，笑他性格優柔寡斷，在日常生活中舉棋不定，經常選擇了一條路之後又想著另一條未走的路。Thomas 知道這詩的含意後更笑不出來。

兩年後，Frost 也笑不出來了。第一次世界大戰爆發，Thomas 在法國陣亡，Frost 失去最好的詩友。Frost 在日後的文章偶爾流露輕輕的遺憾，Thomas 雖比他年輕，但他視 Thomas 亦師亦友，卻從沒有好好讓 Thomas 知道，自己其實很欣賞他的詩作。

自嘲詩

一首開詩友玩笑的遊戲之作，變成家喻戶曉的「勵志詩」，令我想起魯迅（1881-1936）那首〈自嘲〉詩其中兩句：「橫眉冷對千夫指，俯首甘為孺子牛」。這首詩經過毛澤東一錘定音，成為正氣凜然而又強橫的政治詮釋，從此無人敢完全翻案。

魯迅寫詩，出色的是近體格律詩，白話新詩寫得不多也不出色，〈自嘲〉也不是一首新詩：

> 運交華蓋欲何求，未敢翻身已碰頭。
> 破帽遮顏過鬧市，漏船載酒泛中流。
> 橫眉冷對千夫指，俯首甘為孺子牛。
> 躲進小樓成一統，管他冬夏與春秋。

「華蓋」是吉祥的星宿，交上「華蓋」星運的人應該是官運亨通，魯迅在上海是左翼作家的「精神領袖」，但當時政治局面抑壓得很，國民黨禁左翼書報出版，封書店，逮捕拘禁

左翼作家，魯迅喜愛的年輕作家友人柔石（1902-1931）被害，他自己身在租界也被迫低調，其鬱結心情反映在詩的最末兩句。

後來詩句經毛澤東點評而聲價十倍。一九四二年，毛澤東〈在延安文藝座談會上的講話〉指示「橫眉冷對千夫指，俯首甘為孺子牛」這兩句詩，要成為一切共產黨員、一切革命家、一切革命文藝工作者的座右銘。毛澤東斷言，「千夫」就是革命的敵人，「孺子」就是無產階級人民大眾。

然而，〈自嘲〉的創作背景並非如此。魯迅在四十六歲意外得子，而〈自嘲〉寫於一九三二年十月，魯迅五十一歲，兒子周海嬰五歲。「俯首甘為孺子牛」是自嘲在文壇一身稜角卻來弄子為樂。

二〇〇六年，周海嬰接受記者專訪，被問及父親「橫眉冷對千夫指」的形象，他說：「這個問題我也問過我母親、叔叔，甚至於和我父親見過面的一些朋友，他們都沒有看見過我父親生氣的樣子，更不要說甚麼拍案、橫眉冷對。由於受當時的環境影響，父親見的人比較少，所以大家都是從字裏行間去推論他的性格。其實現實中他如果和人家談不攏，往往就不響了，不和別人多講，最多到這一步為止。」

〈自嘲〉其實源自一次和郁達夫（1896-1945）的飯局。一九三二年十月五日，郁達夫因其長兄郁華法官從北平調任上海，設宴請客，魯迅、柳亞子等都在座。當晚魯迅夫人許廣平沒有出席，在旁的是年輕作家林微音（不是民國才女林徽因）。一九五六年十二月六日，《新民報晚刊》有一篇署名「魏殷」的短文〈「孺子牛」的初筆〉，相信是林微音憶述：

> 魯迅到時，達夫向他開了一句玩笑，說：「你這些天來辛苦了吧。」
>
> 「嗯，」魯迅微笑著應答，「我可以把昨天想到的兩句聯語回答你，這是：『橫眉冷對千夫指，俯首甘為孺子牛。』」
>
> 「看來你的『華蓋運』還是沒有脫？」達夫繼續這樣打趣。
>
> 「噯，給你這樣一說，我又得了半聯，可以湊成一首小詩了。」魯迅說。

《魯迅日記》也有記述當日情況：「午後為柳亞子書一條幅，云：『運交華蓋欲何求……管他冬夏與春秋。』達夫賞飯，

閒人打油，偷得半聯，湊成一律以請。」看來在白色恐怖中，魯迅寫〈自嘲〉詩的時候，心情還算輕快。

這原是打油詩，但後來的人卻順著毛澤東對這首詩的定調，把「千夫指」解讀說成是魯迅受國民黨逼迫的悲鳴怒哮。其實，當日魯迅把詩寫成條幅送贈的友人柳亞子，本身就是國民黨內的知名人士。

魯迅在《三閑集》序言提及，在一九二七年從廣東來到上海後，多番與「創造社」、「太陽社」、「新月社」以及其他作家文人筆戰。他的左翼立場和性格上獨特的稜角，令他成為眾矢之的。「千夫指」應是自述在上海文壇面對的風風雨雨。

〈雨巷〉之後

一九二五年，戴望舒（1905-1950）在上海震旦大學修讀法文，翌年發表翻譯詩和自己的新詩。一九二八年，〈雨巷〉一詩在《小說月報》上刊出，引起轟動，更被譽為「雨巷詩人」。

我大學時代愛讀戴望舒、何其芳（1912-1977）、卞之琳（1910-2000）和馮至（1905-1993）的詩作。戴望舒的〈雨巷〉曾令我感動：在小巷中與丁香一樣的姑娘擦身而過，遺下低迴落寞。

〈雨巷〉（節錄）　戴望舒

撐著油紙傘，獨自
彷徨在悠長，悠長
又寂寥的雨巷，
我希望逢著
一個丁香一樣的
結著愁怨的姑娘。

詩的感觸有點太刻意，但詩句富音樂感，可以反覆吟誦，是有意思的實驗。不要忘記，那是新詩還在尋找新形式的年代。

余光中在一九九三年寫了篇文章〈評戴望舒的詩〉，把戴望舒的詩批評得體無完膚，評〈雨巷〉尤其嚴厲。戴望舒自己後來也否定了〈雨巷〉的韻律實驗。一九三三年戴望舒出版自選詩集《望舒草》，早期的詩包括〈雨巷〉全給刪走。

《望舒草》附有〈詩論零札〉，是戴望舒平日隨手記下對新詩的想法，一九三二年最先發表在《現代》文學雜誌上。〈詩論零札〉共十七條，第五條說，「詩的韻律不在字的抑揚頓挫上，而在詩的情緒的抑揚頓挫上，即在詩情的程度上。」可見來到此時，戴望舒對詩的想法比起寫〈雨巷〉時已經轉進了一層，不再追求純粹的韻律形式之美。

一九四四年，戴望舒身在香港，在《華僑日報》再寫〈詩論零札〉，說得更明確：「詩的韻律不應只有浮淺的存在。它不應存在於文字的音韻抑揚這表面，而應存在於詩情的抑揚頓挫這內裏。」他更解釋：「有『詩』的詩，雖以佶屈聲牙的文字寫來也是詩，沒有『詩』的詩，雖韻律整齊音節鏗鏘，仍然不是詩。」

有「詩」的詩是真的詩，這與 Emily Dickinson 心中的 true poems 可以相通。

戴望舒的詩論最初在《現代》文學雜誌上發表，背後有真摯的友情。《現代》的主編施蟄存（1905-2003）和戴望舒從中學時代已是好朋友，在杭州一起讀外國詩和小說，看《新潮》、《新青年》雜誌，組織「蘭社」出版刊物。一九二三年，他們同往上海大學讀中文系，又先後到上海震旦大學學習法文，準備同往法國。結果只有戴望舒孤身留學，施蟄存放棄了留學的夢想，在背後全力資助他，甚至將自己在《現代》的工資全寄給他。

施蟄存在《現代》隆重地推出戴望舒的詩，成為戴望舒成名的起點。然後施蟄存催促戴望舒寫詩論，在一九三三年二月二十七日給身在巴黎的戴望舒的信中說：「你須寫點文藝論文，我以為這是必須的，你可以達到徐志摩的地位，但你必須有詩的論文出來，我期待著。」但是戴望舒遲遲沒有寫出施蟄存期待的詩論。施蟄存退而求其次，自行從戴望舒留下的筆記抄錄十七條發表，引發小小的議論。

獄中詩

抗日戰爭爆發，戴望舒在一九三八年從上海逃到香港，並曾在《大公報》及《星島日報》的副刊擔任主編。一九四一年十二月，香港亦淪陷，日軍搜捕文化人，逼他們合作寫宣傳文章。一九四二年初，戴望舒被抓走，關在中環奧卑利街的域多利監獄。

同年，戴望舒在日軍囚禁中寫下〈獄中題壁〉。對於這首詩，余光中的評論沒有像對〈雨巷〉那麼凶猛，但評價仍是不高，認為〈獄中題壁〉「仍未能完全擺脫歐化，民族感也未能充分發揮」。相反，瘂弦說戴望舒「透過痛苦的試煉，詩人的詩，像脫胎換骨一般，呈現與抗戰前迥然不同的新風貌。」

我選〈獄中題壁〉，因為它很有實感。有實感未必就是出色的詩，但一定值得細味：

> 如果我死在這裏，
> 朋友啊，不要悲傷，

我會永遠地生存，
在你們的心上。

你們之中的一個死了，
在日本佔領地的牢裏，
他懷著的深深仇恨，
你們應該永遠的記憶。

當你們回來，從泥土
掘起他傷損的肢體，
用你們勝利的歡呼
把他的靈魂高高揚起，
然後把他的白骨放在山峰，
曝著太陽，沐著飄風：
在那暗黑潮濕的土牢，
這曾是他唯一的美夢。

一九四二年四月二十七日

戴望舒二十三歲時寫〈雨巷〉，寂寞傷感得有點病態，不是
真正的寂寞，但詩有韻律美，頓時成名；三十七歲寫〈獄中
題壁〉，回歸簡單樸素的節奏，讀來自然感人。余光中以詩

論詩，批評説〈獄中題壁〉「仍未能完全擺脱歐化」，不是不公允，但要注意，戴望舒寫詩的時刻，是受著日軍用刑審訊、並且自料將死在獄中之時。這可不是詩人在書房裏的吟誦創作。

戴望舒與左翼有相當關係，早年在發表〈雨巷〉成名之前，他與好朋友施蟄存曾因參加大學的共產黨青年團而被國民黨拘捕。戴望舒被日軍抓走之前，共產黨地下組織東江縱隊護送了三百多名文化界人士離港，以他與左翼的關係，按道理應有機會及早逃離香港。小思（盧瑋鑾，1939- ）説，戴望舒為何不走真是一個謎，「因為論知名度、論抗日熱誠，甚至論與左翼關係，他不該不在搶救名單內。」

最後，戴望舒由朋友葉靈鳳（1905-1975）設法救了出來。葉靈鳳與戴望舒同於一九三八年南來香港，自己也曾兩度被日軍拘禁，放了出來之後以筆名寫一些歌頌「聖戰」的文章，保住了安全。一九五七年的《魯迅全集》有一條註文，説葉靈鳳「抗日時期成為漢奸文人」，但後來陸續發掘出很多資料，足以為葉靈鳳平反。

抗戰勝利後，一群文藝作家聯名檢舉戴望舒「附敵」，向中華全國文藝協會重慶總會提交「建議書」，在一九四六年二

月一日《文藝生活》的光復版第二期刊出，其中指控：「竊以為戴望舒前在香港淪陷期間，與敵偽往來，已證據確鑿。」戴望舒為此寫下〈我的辯白〉，透露了他被日本人關起來的七個星期裏，挨毒打、忍飢餓、受盡苦刑，到快要熬不住的時候，才經葉靈鳳託人把他保釋出來。

戴望舒出獄後，哮喘病情嚴重，最後在一九四九年十月回歸新中國，次年病逝於北京。他曾說，香港不是他的園地。葉靈鳳在一九五七年寫文章悼念戴望舒說：「他終於能夠埋骨在新生的祖國的土地上；若是客死在這孤寂的島上，我想作為詩人的他，一定死得不能瞑目了。」

墓畔詩

在戴望舒被日軍拘禁的前幾個月，蕭紅（1911-1942）在香港法國醫院設在聖士提反女校的臨時救護站病逝，她才華絕代，一生坎坷，遺下長篇小說《呼蘭河傳》，死後才得到欣賞。一九四〇年九月至十二月《呼蘭河傳》在《星島日報‧星座》連載，然後出版成書，戴望舒是當時《星島日報》的編輯。

出獄後，戴望舒在十一月與葉靈鳳長途步行到淺水灣謁蕭紅的墓，墓裏是蕭紅的部分骨灰。據葉靈鳳的回憶，淺水灣那一帶在戰時是禁區，一般中國人得有日本人的陪同才允許進去，戴望舒這第一次去憑弔蕭紅，就是由一個日本記者陪同。

此後戴望舒多次去看蕭紅的墓，〈蕭紅墓畔口占〉就在期間寫成。有人認為這首詩可以列入「偉大」的詩的行列，余光中指它有唐詩絕句的興味，「初讀似無文采，再讀始見真情，的是唐人絕句的意境。」但認為這只是小品，「戴詩成就終是有限。」這首詩讓我細讀沉吟，它的成就如何，能否列入

「偉大」行列，我覺得真是無所謂。這是非常真摯而且有層次感的一首小詩，即使不少讀者已經熟悉，還是值得抄錄一遍：

> 走六小時寂寞的長途，
> 到你頭邊放一束紅山茶，
> 我等待著，長夜漫漫，
> 你卻臥聽著海濤閑話。

戰事未已，國土淪陷，人間紛亂，我在等待，海濤有話，逝者無聲。歷劫之中，戴望舒真的做到了自己在〈詩論零札〉的主張：詩的韻律感由詩情帶動。這詩一九四四年在《華僑日報》刊出，也是〈詩論零札〉在香港發表的同一年。

當時此詩刊出時題為〈墓畔口占〉，戴望舒在自己保存的剪報上註明：「原題為〈蕭紅墓畔口占〉，蕭紅二字被檢。」此時日本佔領當局嚴格檢查出版，蕭紅的名字不得出現。第一稿版本的第二句是「到你頭邊偷放一束紅山茶」，多一個「偷」字，或者是暗示憑弔時的氛圍險惡。

十四行詩

戴望舒一九四二年在淪陷的香港寫下〈獄中題壁〉，同一年，馮至（1905-1993）《十四行集》由桂林明日社出版。詩集主要收錄他前一年寫下的二十七首十四行詩。

在《中國新文學大系導言集·小說二集》序中，魯迅說馮至是「中國最為傑出的抒情詩人」，讚譽變成定論，也變成框框。魯迅的讚賞是基於馮至在三十年代初的抒情詩作，而這篇序寫於抗戰之前。來到一九四二年，馮至的《十四行集》已經超越了「抒情」，當中對生命的沉思默想（meditation）溫文而深刻。

馮至在一九三九至一九四六年間任昆明西南聯合大學（下稱「西南聯大」）德語教授。他不是第一個使用十四行詩體寫新詩的詩人，聞一多（1899-1946）早在一九二一年已在中國詩壇翻譯及推介十四行詩體（sonnet），優雅地把 sonnet 譯為「商籟體」。一九二八年，他翻譯白朗寧夫人的情詩《葡萄牙人十四行詩》（《Sonnets from the Portuguese》）二十一

首，分期刊載於《新月》月刊。徐志摩推介聞一多的譯詩，說「商籟體」是抒情詩體例中最美、最莊嚴、最嚴密，亦最有彈性的一格，在英國文學史上四百年間經過不少名手應用，還不曾窮盡它的變化。徐志摩自己也曾試寫十四行詩。

十四行詩對音韻的規定非常嚴格，對音節數目、抑揚頓挫、押韻方式、起承轉合等變化都有要求，有人以它與七言律詩相比。

與馮至同期的詩人、散文家李廣田（1906-1968）在詩論〈詩的藝術〉中，說馮至是「沉思的詩人」：「他默察，他體認，他把在宇宙人生中所體驗出來的印證於日常的印象，他看出那真實的詩或哲學於我們所看不到的地方。」

李廣田敏銳地看到，十四行詩體對詩人未必是一種約束：「這一外來形式由於它的層層上升而又下降，漸漸集中而又漸漸解開，以及它的錯綜而又整齊，它的韻法之穿來又插去，它本來是最宜於表現沉思的詩人的。」他詩意地稱許馮至的十四行體「像一個水平瓶，可以給那無形的水一個定形，像一面風旗，可以把住些把不住的事體。」馮至二十七首十四行詩就寫得舒卷自如。

「沉思的詩」英文是 Meditation Poem，我看可以譯作「默想的詩」。馮至的十四行詩是在日軍轟炸昆明時期誕生的，為了安全，他住在市外的山村，每天走十五里山間小路往返大學授課，那是對大生命的體會，不是內向沉思。

馮至的十四行詩採用「四－四－三－三」分行分節。二十七首之中最常被引述的是第十六首〈我們站立在高高的山巔〉，第二、四兩節可以見到他對大生命的體會，在動亂時代有一種深層次的平靜：

　　哪條路、哪道水，沒有關聯，
　　哪陣風、哪片雲，沒有呼應：
　　我們走過的城市、山川，
　　都化成了我們的生命。

　　……

　　我們隨著風吹，隨著水流，
　　化成平原上交錯的蹊徑，
　　化成蹊徑上行人的生命。

前面談過，Frost 的名篇〈The Road Not Taken〉無心插柳地

引起千萬讀者的共鳴。Frost 最感人的詩也來自鄉居默想，他一生經歷了無數說不完的家庭悲劇，活過兩次世界大戰，長期在新英格蘭山郊近乎隱居，不理時代喧嚷。〈The Road Not Taken〉本是緣於對詩友開的玩笑，但 Frost 常說：「I am never more serious than when I am joking.」（「我沒有比在開玩笑那一刻更認真的時候。」）

《十四行集》在桂林初版時沒有書序，抗戰結束後，上海文化生活出版社重印《十四行集》，馮至才為再版寫自序。他回想一九四一年在昆明寫詩的時刻：

> 那時，我早已不慣於寫詩了，──從一九三○到一九四○年十年內我寫的詩總計也不過十來首，──但是有一次，在一個冬天的下午，望著幾架銀色的飛機在藍得像結晶體一般的天空裏飛翔，想到古人的鵬鳥夢，我就隨著腳步的節奏，信口說出一首有韻的詩，回家寫在紙上，正巧是一首變體的十四行。這是詩集裏的第八首，是最早也是最生澀的一首，因為我是那樣久不曾寫詩了。
>
> 這開端是偶然的，但是自己的內心裏漸漸感到

一個要求：有些體驗，永遠在我腦裏再現，有些人物，我不斷地從他們那裏吸收養分，有些自然現象，它們給我許多啟示。我為甚麼不給他們留下一些感謝的紀念呢？由於這個念頭，於是從歷史上不朽的人物到無名的村童農婦，從遠方的千古名城到山坡上的飛蟲小草，從個人的一小段生活到許多人共同的遭遇，凡是和我的生命發生深刻的關聯的，對於每件事物我都寫出一首詩：有時一天寫出兩三首，有時寫出半首便擱淺了，過了一個長久的時間才能續成。這樣一共寫了二十七首。到了秋天生了一場大病，病後孑然一身，好像一無所有，但等到體力漸漸恢復，取出這二十七首詩重新整理謄錄時，精神上感到一種輕鬆，因為我滿足了那個要求。

馮至說，他採用十四行體，並不是特意要把它從英詩移植到中國新詩，只是因為這形式有助他把思想接住，給一個適當的安排。

孤寂與死生

《十四行集》出版後，朱自清說，馮至在平凡的日常生活發現了詩，讓詩散發哲理。他引述聞一多的話：「我們的新詩好像盡是些青年，也得有一些中年方好。馮先生這一集大概可算是中年了。」

朱自清認為，馮至《十四行集》的形式和風格是受到德語詩人里爾克（Rainer Maria Rilke，1875-1926）《獻給奧爾弗斯的十四行詩》（*Sonnets to Orpheus*）的啟發。

毫無疑問，馮至深愛里爾克的詩和詩論，但馮至的詩情並不像里爾克。里爾克孤寂、而且堅持著孤寂的存在感，馮至受到他的啟發，細緻真誠地從內心體會生命的存在，不一樣的是，馮至體驗到的是自然與有情萬物的關聯。

里爾克不少詩作都與死和生有關，在疏離孤寂中尋找人與人的關聯。其中〈Ernste Stunde〉（英譯〈Solemn Hour〉）只有十二行，卻很有存在感。〈Solemn Hour〉有很好的中譯，

出自著名詩人手筆也有四、五種，馮至也是其一。這兒選取了與馮至同時代的翻譯家梁宗岱（1903-1983）與「九葉詩人」陳敬容（1917-1989）的中譯，合而成為這個版本：

〈沉重的時刻〉　里爾克

誰此刻在世上某處哭
無緣無故地在世上哭
在哭我

誰此刻在世上某處笑
無緣無故地在夜裏笑
在笑我

誰此刻在世上某處走
無緣無故地在世上走
走向我

誰此刻在世上某處死
無緣無故地在世上死
望著我

馮至《十四行集》的第二首也是與死和生有關，呈現人與世界的關聯，與里爾克的孤寂世界卻是相反的：

〈甚麼能從我們身上脫落 〉　　馮至

甚麼能從我們身上脫落，
我們都讓它化作塵埃：
我們安排我們在這時代
像秋日的樹木，一棵棵

把樹葉和些過遲的花朵
都交給秋風，好舒開樹身
伸入嚴冬；我們安排我們
在自然裏，像蛻化的蟬蛾

把殘殼都丟在泥裏土裏；
我們把我們安排給那個
未來的死亡，像一段歌曲，

歌聲從音樂的身上脫落，
歸終剩下了音樂的身軀
化作一脈的青山默默。

馮至一些詩有禪的意境，被歸入禪詩。這一首我卻覺得比較近似莊子，與天地並生，而且比莊子更多一點人文的細膩。

生疏與親密

在《十四行集》二十七首之中，我尤其喜愛的是第十八首〈我們有時度過一個親密的夜〉。這裏有一個來自馮至內心深處的主題，比較少人談及——世界上許多陌生的人和事，許多原本生疏的地方，只要一刻與我感應，便是有情，變成與我生命存在的親密關聯：

> 我們有時度過一個親密的夜
> 在一間生疏的房裏，它白晝時
> 是甚麼模樣，我們都無從認識，
> 更不必說它的過去未來。原野——
>
> 一望無邊地在我們窗外展開，
> 我們只依稀地記得在黃昏時
> 來的道路，便算是對它的認識，
> 明天走後，我們也不再回來。
>
> 閉上眼吧！讓那些親密的夜

和生疏的地方織在我們心裏：
我們的生命像那窗外的原野，

我們在朦朧的原野上認出來
一棵樹、一閃湖光，它一望無際
藏著忘卻的過去、隱約的將來。

在《十四行集》出版的同一年，馮至也寫下不少散文，結集成《山水》一書。其中一篇〈一個消逝了的山村〉記述他所居茅房附近的路，大多是二、三十年來經營山林的人新開闢的，但當他每天來往城內與山林之間時，走至中途，忽然踏上了一條石塊砌成的舊路，從一個村莊裏伸出，斷斷續續向山谷引來，又隱隱約約地消失。許久之後，馮至才知道這裏曾經有過村落。原來在上一個世紀，雲南省經過回族與漢族互相仇殺的浩劫，光是昆明一地就死了一百餘萬人，人口剩下不到五分之一，不少村莊城鎮就此衰落。

這些山坡上一年兩季開遍鼠曲草的小花朵，在馮至眼中，這些白茸茸的小花「謙虛地摻雜在亂草的中間。但是在這謙虛裏沒有卑躬，只有純潔，沒有矜持，只有堅強。」馮至《十四行集》第四首是〈鼠曲草〉，他自註為 Edelweiss，說是生於歐洲阿爾卑斯山的小草，但其實未必是同一品種。

馮至從小花聯想到，從城裏走路回家路上，常見到夕陽裏一座山丘的頂上坐著一個村女，聚精會神地在那裏縫甚麼，任她的羊在山坡上吃草，自己從不抬頭張望。

這使我知道，一個小生命是怎樣鄙棄了一切浮誇，子然一身擔當著一個大宇宙。那消逝了的村莊必定也曾經像是這個少女，抱著自己的質樸，春秋佳日，被這些白色的小草圍繞著，在山腰裏一言不語地負擔著一切。

《十四行集》第三首是〈有加利樹〉；散文〈一個消逝了的山村〉也寫及山上的有加利樹（Eucalyptus），看見神秘的生命關聯：

> 有時在月夜裏，月光把被微風搖擺的葉子鍍成銀色，我們望著它每瞬間都在生長，彷彿把我們的身體，我們的周圍，甚至全山都帶著生長起來。望久了，自己的靈魂有些擔當不起，感到悚然，好像對著一個崇高的嚴峻的聖者，你若不隨著他走，就得和他離開，中間不容有妥協。

> 兩三年來，這一切，給我的生命許多滋養。但

我相信它們也曾以同樣的坦白和恩惠對待那消逝了的村莊。這些風物，好像至今還在述說它的運命。在風雨如晦的時刻，我踏著那村裏的人們也踏過的土地，覺得彼此相隔雖然將及一世紀，但在生命的深處，卻和他們有著意味不盡的關連。

抗日戰爭終於結束，然後是內戰和社會主義新時代。一九四九年後，新時代再容不下這一種（或任何一種）出自個人內心體驗的詩情了，只許集體主義謳歌時代。在新時代，無論是追隨當權者的詩人如何其芳，抑或地位崇高如冰心，都無一倖免捲入鬥爭之中：戴望舒在一九四九年從香港回到北京後不久便去世，因而免受厄運；卞之琳和馮至各自在文革中被批鬥和下放改造；廢名在一九六五年患胃癌，文革初起不久病死，臨終前喃喃自語：「中國的文化大革命到底是怎麼回事？」李廣田的遭遇最悲慘，他在雲南大學任校長，北京的中學生紅衛兵在「革命大串連」中來到昆明，李廣田成為重點暴力鬥爭對象，遭受長期關押批鬥。一九六八年十一月初，他的屍體在昆明北門外水塘中被人發現，當局宣佈為自殺。

這本書不是要談「文化大革命」（下稱「文革」），但文革

十年是很多詩人和詩作的斷崖，不能不提。文革後，卞之琳在八十年代復出，海內外再享盛譽；馮至只寫了一些回憶錄，相對地沉寂。他偶有詩作，但已不見昔日充盈的詩情。

一九八七年，八十二歲的馮至在醫院病床上得兩首小詩，質樸、沒有甚麼文采，然而再次真實的記下了親密而又生疏的感覺。親密感覺漸遠，寂寞感卻有如里爾克的魂靈，重來探訪。

〈在病院裏之二〉　　　馮至

時間，有時像死去的朋友，
坐在我的床頭一言不語；
有時像陌生的路人，
走過我的床邊永不回頭。
時間，我浪費過你，
也使用過你。
如今我躺在床上無所作為，
既不能使用又不能浪費，
只覺得你的停滯
是一個親密的亡友，
而你無休止的流逝
是無情的生疏的過客。

擔負苦難

戰爭的災難歲月中，馮至寫下《十四行集》這樣沉著的默想詩，無論如何真是有些特異的。一九四一年秋天，老舍應邀來昆明小住，作了些演講。一天，馮至在學生壁報上讀到老舍演講的記錄，其中有一段話，大意是「抗戰時期寫文章的人應為抗敵而寫作，不要在小花小草中尋求趣味。」馮至在〈昆明往事〉說讀到這段話時，「內心裏感到歉疚。」他接著寫道：「我自信並沒有在小花小草中去尋找甚麼小趣味，也思索一些宇宙和人生的問題，但是我的確沒有為抗敵而寫作。」

這是矛盾心情。客觀地說，馮至在西南聯大的生活是艱苦的，他在下半年不斷生病，包括回歸熱、斑疹傷寒。大病初癒後，背上又感染葡萄球菌（筆者按：應是久臥床上因褥瘡致疽癰），要到醫院做外科手術，剜下手掌般大、豬肝色的死肉。儘管個人日常生活也在吃苦，只因為創作中未有書寫時代苦難，就難以坦然了。問題是，詩不能由道德律令催生。

在此時期，西南聯大聚了很多詩人：馮至、卞之琳、李廣田，還有前一輩的朱自清與聞一多。青年學生當中，更冒出了新一代詩人：穆旦、鄭敏、王佐良、杜運燮、袁可嘉等，寫詩、譯詩各有成就。從馮至的矛盾心情，我想到穆旦寫於一九四〇年八月的〈在曠野上〉。

這是穆旦（查良錚，1918-1977）從西南聯大外文系畢業的時候。他文學早熟，性情濃烈，與老師馮至相反，詩作恍如在承受著整個苦難時代，尤其難以承受的青春。〈在曠野上〉開頭就是掙扎，要不要縊死那青春少年的深情，投身戰時的苦難：

　　我從我心的曠野裏呼喊，
　　為了我窺見的美麗的真理，
　　而不幸，彷徨的日子將不再有了，
　　當我縊死了我的錯誤的童年，
　　（那些深情的執拗和偏見！）

人成長了就不再有少年的彷徨，穆旦視這種成長為不幸，因為代價是先要縊死童年的天真與偏執深情。穆旦想起自己年輕的飛揚鋒芒：

我的金輪在不斷的旋風裏急轉，

我讓碾碎的黃葉片片飛揚，

（回過頭來，多少綠色的呻吟和仇怨！）

青春金輪的驕傲勝利，迎來蕭殺冬天，春風帶來的花生草長，最終都要殘酷夭亡：

在曠野上，無邊的蕭殺裏，

誰知道暖風和花草飄向何方，

殘酷的春天使它們伸展又伸展，

用了碧潔的泉水和崇高的陽光，

挽來絕望的彩色和無助的夭亡。

詩的末段預言了他自己的人生抉擇：

然而我的沉重、幽暗的岩層，

我久已深埋的光熱的源泉，

卻不斷地迸裂，翻轉，燃燒，

當曠野上掠過了誘惑的歌聲，

○，仁慈的死神呵，給我寧靜。

翌年初春，穆旦棄文從軍去面對死亡。他放棄在西南聯大的

教席，參加中國遠征軍，擔任隨軍翻譯。戰場在緬甸，這是抗日戰爭中最可怕的幾個戰場之一。五月至九月，穆旦親歷滇緬大撤退，經歷血腥的「野人山戰役」，遠征軍大半死亡，他在熱帶雨林中踏著腐屍逃生。

穆旦這段經歷，記述在〈一個中國新詩人〉裏，作者是他的西南聯大同學王佐良（1916-1995）。文章寫於抗戰結束後。王佐良有些心疼這個詩人同學死裏逃生後並不向人說的那段故事，如果他不寫下來，日後人們便不會知道有這樣一個中國新詩人。

> （同學之中）二個參加了炮兵。一個幫美國志願隊作戰，好幾個變成宣傳部的人員。另外有人在滇緬公路的修築上曬過毒太陽，或將敵人從這路上打退。但是最痛苦的經驗卻只屬於一個人，那是一九四二年的滇緬撤退，他從事自殺性的殿後戰。日本人窮追，他的馬倒了地，傳令兵死了，不知多少天，他給死去戰友的直瞪的眼睛追趕著，在熱帶的毒雨裏，他的腿腫了。疲倦得從來沒有想到人能這樣疲倦，放逐在時間——幾乎還在空間——之外，胡康河谷的森林的陰暗和死寂一天比一天沉重了，更不能

支持了，帶著一種致命性的痢疾，讓螞蝗和大得可怕的蚊子咬著。而在這一切之上，是叫人發瘋的飢餓。他曾經一次斷糧到八日之久。但是這個二十四歲的年青人，在五個月的失蹤之後，結果是拖了他的身體到達印度。雖然他從此變了一個人，以後在印度三個月的休養裏又幾乎因飢餓之後的過飽而死去，這個瘦長的，外表脆弱的詩人卻有意想不到的堅韌，他活了下來，來說他的故事。

但是不！他並沒有說。因為如果我的敘述洩露了一種虛假的英雄主義的壞趣味，他本人對於這一切淡漠而又隨便，或者便連這樣也覺得不好意思。只有一次，被朋友們逼得沒有辦法了，他才說了一點。而就是那次，他也只說到他對於大地的懼怕，原始的雨，森林裏奇異的，看了使人害病的草木怒長，而在繁茂的綠葉之間卻是那些走在他前面的人的腐爛的屍身，也許就是他的朋友們的。

他的名字是穆旦……

從有詩到無詩

穆旦最好的詩都在一九四〇至一九四八年期間寫成。一九四九至一九五二年他在芝加哥大學英文系讀文學碩士學位，仍有寫詩，卻充斥著令人費解的意識形態和陳腔濫調。

一九五二年，紐約出版了一部《世界名詩庫》（Herbert Greekmore (ed.), *A Little Treasury of World Poetry: Translations from the Great Poets of Other Languages, 2600 BC to AD*, New York: C. Scribner's Sons, 1952.），選入兩首穆旦的自譯詩，都是一九四九前的舊作：〈There Is No Nearer Nearness〉（〈再沒有更近的接近〉，寫於一九四二年）和〈Hungry China〉（〈飢餓的中國〉，寫於一九四七年）。

〈飢餓的中國〉是長詩，寫戰後中國，共七節，我喜歡第三節。因為不修飾，詩句顯得有點直白，但不吐不快的詩情也能形成力量。同期的詩人和文學評論家陳敬容形容穆旦的筆法是「剝皮見血」，這首詩便是很好的例子。

昨天已經過去了，昨天是田園的牧歌，

是和春水一樣流暢的日子，就要流入

意義重大的明天：然而今天是飢餓。

昨天是理想朝我們招手：父親的諾言

得到保障，母親安排適宜的家庭，孩子求學，

昨天是假期的和平：然而今天是飢餓。

為了爭取昨天，痛苦已經付出去了，

希望的手握在一起，志士的血

快樂的溢出：昨天把敵人擊倒，

今天是果實誰都沒有嚐到。

中心忽然分散：今天是脫線的風箏

在仰望中翻轉，我們把握已經無用，

今天是混亂，瘋狂，自瀆，白白的死去——

然而我們要活著：今天是飢餓。

荒年之王，搜尋在枯乾的中國的土地上，

教給我們暫時和永遠的聰明，

怎樣得到狼的勝利：因為人太脆弱！

〈再沒有更近的接近〉是組詩《詩八首》的最後一首，那是一組愛情詩，是穆旦從軍遠征緬甸前的青春作品，非常完整。第八首是組詩結束前含有哲思的讚歌，只有六行；試與第一首的八行詩合併而讀，跳過其餘六首，也是一首非常感

人的「十四行詩」！

《詩八首》的掙扎很可能是出於真實的愛情經歷：在災難時代底下，為要追尋生命意義，穆旦不得不告別「一個暫時的你」：

1

你底眼睛看見這一場火災，

你看不見我，雖然我為你點燃；

唉，那燃燒著的不過是成熟的年代。

你底，我底。我們相隔如重山！

從這自然底蛻變底程序裏，

我卻愛了一個暫時的你。

即使我哭泣，變灰，變灰又新生，

姑娘，那只是上帝玩弄他自己。

8

再沒有更近的接近，

所有的偶然在我們間定型；

只有陽光透過繽紛的枝葉分在兩片情願的心上，

相同。

等季候一到就要各自飄落，
而賜生我們的巨樹永青，
它對我們的不仁的嘲弄（和哭泣）在合一的老根
裏化為平靜。

詩人感到，無論如何掙扎都似是上帝在玩遊戲。生與死都是
別離，「季候一到就要各自飄落」，這是上天不仁的嘲弄，
唯一的開解是具哲理的：相通的心，在相同的陽光裏，死後
「在合一的老根裏化為平靜」。

在芝加哥，除了選入《世界名詩庫》的這兩首，穆旦也自譯
了另外十首同期的詩作。然後，他的詩歌創作就停滯了。
一九五三年，穆旦滿腔熱情地回國，一頭栽進了完全沒有預
見的二十多年苦難。

為詩掙扎

前面說，文革十年是很多詩人和詩作的斷崖。其實也不須等到文革，文學在新時代早已歸趨統一。詩人和評論家黃燦然（1963- ）痛惜，早在五十年代甚至更早，穆旦的作品已經「完全加入了當時口號詩和教條詩的大合唱」，他最糟的幾首詩是寫在歸國之前。就此而論，黃燦然判斷穆旦「缺乏成為偉大詩人所需的深層素質」。

黃燦然對穆旦的判斷可能太苛刻。從穆旦回國後的言行看，他並不是要讓自己成為宣傳工具。回國不久，他年輕時參加遠征軍的過去在一九五五年「肅反運動」中成為罪名，因為那是國民黨的遠征軍。一九五七年二月，穆旦發表長詩〈葬歌〉，宣告埋葬昔日的自己。大學畢業時他已經埋葬過昔日少年情真偏執的自己；這一次是作為「知識分子決心改造思想與舊我決裂」的表態，詩中不自禁地呈現掙扎：

> 我走過我常走的街道，
> 那裏的破舊房正在拆落，

呵，多少年的斷瓦和殘椽，
那裏還縈迴著你的魂魄。

你可是永別了，我的朋友？
我的陰影，我過去的自己？
天空這樣藍，日光這樣溫暖，
安息吧！讓我以歡樂為祭！

詩的末段尤其顯得不捨，只能硬生生地收筆：

就詩論詩，恐怕有人會嫌它不夠熱情：
對新事物嚮往不深，對舊的憎惡不多。
也就因此……我的葬歌只算唱了一半，
那後一半，同志們，請幫助我變為生活。

這一點點的難捨，令他的檢討受到「個人主義」的譏評。

同年七月五日，穆旦在《人民日報》發表諷刺詩〈九十九家爭鳴記〉（其中四句「百家爭鳴固然很好 / 九十九家難道不行？ / 我這一家雖然也有話說，/ 現在可患著虛心的病。」）更成為「向黨進攻」的罪證。

從此他中斷寫詩，真的埋葬了「詩人穆旦」，改以「查良錚」本名潛心譯詩，成就非常傑出。詩人王家新（1957- ）在〈穆旦：翻譯作為倖存〉一文中，細致描述這箇中心路歷程：

> 至於為甚麼穆旦在那時會主要選擇普希金、雪萊、濟慈、拜倫來譯，原因很顯然，是因為在當時中國只能接受這樣的具有「積極浪漫主義精神」、「革命浪漫主義精神」的外國詩人。……置身於一九五〇年代那種政治、文化和生活環境中，普希金的詩很可能會比艾略特的詩使他感到更為親切。普希金詩中的那種人情味，那種流放的命運和對自由的渴望，那種詩人與權貴的對立，也都暗合了他內心中更深處的東西。就這樣，詩人自一九五〇年代直至文革結束後《九葉集》出版（1981 年），主要作為普希金、雪萊、濟慈、拜倫等人的譯者出現並為廣大讀者所知。除了朋友圈子，無人知道「查良錚」就是穆旦。穆旦作為中國一九四〇年代最為傑出的詩人之一已被徹底遺忘。……在回顧穆旦的「由來與歸宿」時，王佐良這樣感歎：「詩人穆旦終於成為翻譯家查良錚，這當中是有曲折的，但也許不是一個壞的歸宿。」

一九五八年十二月，詩人被宣佈為「歷史反革命」，並被剝奪了教學和發表作品的權利，到校圖書館監管勞動。那是他生命中最黑暗的痛苦和沉默的三年。

一九六二年「解除管制」、降級留用於圖書館後，穆旦又回到了翻譯上來。在繁重的圖書抄錄整理工作之餘，他選定翻譯拜倫的兩萬多行的長詩《唐璜》。他要抱著這個巨石沉入他命運的深處。文革開始後，他再次受到巨大衝擊，被批鬥、抄家、下放勞改，一九七二年勞改結束回校後，他首先要做的事便是回到對《唐璜》譯稿的整理、修改上來。他還有甚麼可以寄託的？在給早年詩友的信中他「滿嘴苦澀」地這樣說：「我煞有介事地弄翻譯，實則是以譯詩而收心，否則心無處安放。」了解了這一切，我們再來看他對普希金的翻譯，那豈止是一般的語言轉換！那是一個人的全部痛苦、愛和精神世界的寄託！

即使潛心譯詩，穆旦還是未能完全埋葬心中那個寫詩的自己。在文革時期，他仍不時背著人寫詩，寫後就立即撕掉。

這些寫後立即撕掉的作品，當然不會在《穆旦詩全集》讀到。這就是我覺得黃燦然對穆旦的責備可能太苛刻的理由。上天沒有給詩人更多時間，一九七六年三月，穆旦跌傷，右腿股骨頸折斷；翌年二月二十六日，穆旦於凌晨心臟病突發逝世。

穆旦夫人周與良回憶：

> 「四人幫」打倒後，他高興地對我說「希望不久又能寫詩了」， 還說「相信手中這只筆，還會重新恢復青春。」我意識到他又要開始寫詩，就說「咱們過些平安的日子吧，你不要再寫了。」他無可奈何地點點頭。我後來愧恨當時不理解他，阻止他寫詩，使他的夙願不能成為現實，最後留下的二十多首絕筆，都是背著我寫下的。他去世後，在整理他的遺物時，孩子們找到一張小紙條，上面寫著密密麻麻的小字，一些是已發表的詩的題目，另外一些可能也是詩的題目，沒有找到詩，也許沒有寫，也許寫了又撕了，永遠也找不到了。

穆旦去世前最後的一首詩是〈冥想〉，最末兩句讀來十分動人：

1

為甚麼萬物之靈的我們，

遭遇還比不上一棵小樹？

今天你搖搖它，優越地微笑，

明天就化為根下的泥土。

為甚麼由手寫出的這些字，

竟比這隻手更長久，健壯？

它們會把腐爛的手拋開，

而默默生存在一張破紙上。

因此，我傲然生活了幾十年，

彷彿曾做著萬物的導演，

實則在它們長久的秩序下我只當一會小小的演員。

2

把生命的突泉捧在我手裏，

我只覺得它來得新鮮，

是濃烈的酒，清新的泡沫，

注入我的奔波、勞作、冒險。

彷彿前人從未經臨的園地就要展現在我的面前。

但如今，突然面對著墳墓，

我冷眼向過去稍稍回顧，

只見它曲折灌溉的悲喜都消失在一片亘古的荒漠，

這才知道我的全部努力不過完成了普通的生活。

手掌一雙

辛笛（王辛笛，原名王馨迪，1912-2004）比穆旦早生六年，穆旦只活到五十九歲，而辛笛活到九十二歲。文革後兩人各自重燃詩情，穆旦隨即猝逝，辛笛得天眷顧，詩的第二生命還有二十多載。

兩人都曾留學，穆旦一九四九年在芝加哥修碩士課程，第一門課是精讀艾略特（T. S. Eliot，1888-1965），艾略特的現代詩是穆旦寫詩的短促黃金時期的養分。辛笛得朱光潛（1897-1986）推薦，在一九三六年留學蘇格蘭愛丁堡大學，在英倫時期有機會與艾略特以及史本德（Stephen Spender）等英國當代詩人往來。

辛笛詩集《手掌集》在一九四七年由上海星群出版社出版，風行海內外，被大量傳抄和翻印。與穆旦的強烈風格相反，辛笛的詩中西韻味交融，風格含蓄，一隻手掌採西方現代詩風，一隻手掌掬中國古典意境。《手掌集》內一首〈再見，藍馬店〉是他歸國前的道別詩作，也是第二次世界大戰爆發

前夕，詩句有戰爭陰霾：

〈再見，藍馬店〉 （節錄） 辛笛

走了
藍馬店的主人和我說

──送你送你
待我來舉起燈火
看門上你的影子我的影子
看板橋一夜之多霜

飄落罷
這夜風　這星光的來路
馬仰首而嚙垂條
是白露的秋天
他不知不是透明的葡萄
雞啼了
但陽光並沒有來
馬德里的藍天久已在戰鬥翅下
……

——年輕的　不是節日

你也該有一份歡喜

你不短新衣新帽

你為甚麼盡羨慕人家的孩子

多有一些驕傲地走罷

再見　平安地

再見　年輕的客人

「再見」就是祝福的意思

《手掌集》傳至香港，至六十年代初仍被傳抄。報人林行止的夫人駱友梅在少女時代就在手抄辛笛的《手掌集》，為之著迷。十多年後文革結束，中國改革開放，一九八一年辛笛曾訪問香港，在香港中文大學舉辦的「四十年代中國文學研討會」擔任嘉賓。林行止夫婦在家宴請辛笛，在座的有戴天、談錫永（王亭之）等人，談詩說藝，或者回首前塵。

訪問香港後一年，辛笛有這詩作，或者是向當年的少女讀者駱友梅致意：

《香港小品》 之二　辛笛

二十年前

你在舊書攤上
無意中拾起了我的詩
蠶在繭中找到了自己

二十年後
我第一次遇見了你
人間何處無詩
你我都已不是舊時風格

做人第一

上海華東師範大學王聖思教授是辛笛的幼女，她在父親去世前為他出版詳盡的傳記《智慧是用水寫成的——辛笛傳》。「智慧是用水寫成的」是辛笛的詩句，冷靜的哲學比喻嵌在一首只有十二行的〈輓歌〉，清新流動，無懈可擊：

　　船橫在河上
　　無人問起渡者
　　天上的燈火
　　河上的寥闊
　　風吹草綠
　　吹動智慧的影子
　　智慧是用水寫成的
　　聲音自草中來
　　懷取你的名字
　　前程是「忘水」
　　相送且兼以相娛
　　——看一支蘆葦

辛笛的確有似水的智慧。在「前言」提及，動筆寫此書前我謁見詩人蔡炎培，聽他談詩。他提到何其芳、郭沫若及當代一些詩人捲入政治，有點感慨地説：「做人第一，寫詩第二」，然後就不再往下説。後來我才讀到，原來「做人第一，寫詩第二」一句是辛笛的話。

據王聖思記述，辛笛覺得自己是個平凡的人，面對顛倒世情，心態常是平和。王聖思起初不大理解為何父親一輩子以「做人第一，寫詩第二」為人生原則，她想：難道詩人忠於寫詩不是與做人同樣重要嗎？後來她從辛笛改清代龔定庵詩句「詩漸平庸人可想」為「人漸平庸詩可想」，才意會到詩始終是由人寫成，因此説「做人第一」是可以理解的。

這未必是辛笛的全部意思，辛笛的感慨是具體的歷史感慨，並非只是一般地説先有人品，後有詩品。讀辛笛生平，我覺得他最不平凡的是在四十至五十年代那段日子的做人之道。

四十年代抗日戰火燃燒，大學紛紛遷往大後方，辛笛未能內遷，在日軍隊佔領上海的八年中，他蟄居淪陷區，在父親友人任職董事長的金城銀行當文職，不再露面寫詩，避開日本人的注意。

辛笛自述，這時期他「在地下黨的週邊從事一些力所能及的活動」。

甚麼活動？與辛笛相交多年的散文家、記者黃裳（1919-2012）憶述，那時期辛笛利用銀行工作之便，以大量貸款支援巴金的文化生活出版社、鄭振鐸和李健吾的《文藝復興》雜誌、臧克家和曹辛之的《詩創造》雜誌，以及平明出版社、星群出版社、森林出版社、開明書店等。黃裳以「急公好義」四字概括辛笛為人。辛笛更冒著生命危險，在上海家中幫助鄭振鐸收藏幾十箱國家珍貴書籍，免遭日軍掠奪。

抗戰結束後，國共內戰爆發。至一九四九年七月，內戰勝負已分，新中國建國在即，辛笛以上海作家身份到北平參加第一次文學藝術工作者代表大會。會議期間，辛笛參與籌組全國詩歌工作者聯誼會，最後這充滿憧憬的文學建設卻胎死腹中。當時文藝界一片「會師」氣象，辛笛敏感地意識到一個時代的丕變即將到來，「詩歌工作者」需要的空間並不存在。他也覺察到自己一直在私營銀行工作，但私營企業與新中國的路線格格不入；他果斷地選擇了自動離開金城銀行的職位，也婉謝到文物部門、高等院校和作家協會的各種工作邀約，決定「投筆從工」，申請到地方工業部門去做一名「案牘小吏」，大概就是文員、書記之類。

辛笛更認為，新時代意味著無產化，不應有私房產不該有錢。他把房子賣掉，連妻兒們從香港回到上海也無處可住。此時劇作家曹禺（1910-1996）恰巧要到北京工作，就讓出在花園公寓的房子給辛笛一家暫住。

這些安排並沒有讓他避過文革風暴。辛笛的岳丈徐森玉是上海博物館老館長，曾被周恩來讚賞為「國寶」，但在文革中被誣為「上海十大反動學術權威」之一，辛笛因而受株連，被所屬工廠的造反派抄家，珍藏的書籍被運走，足有三卡車之多，而他的住房被分割得七零八落，供多個家庭入住。辛笛在中國解放前曾為逃避國民黨特務而送妻兒到香港暫住，這也成為嫌疑罪狀，被翻來覆去地審查。

「大隱隱於市」雖然未能避劫，但辛笛在新時代自始至終堅持不再參與文學界的活動，遠離了「知識分子」結黨成堆的泥淖圈子，他不曾像何其芳參與批鬥胡風那樣，捲入政治鬥爭當中。因為遠離文學界，他亦不須像馮至和卞之琳那樣，在新的文藝路線下屢寫自我檢討文章，去否定自己昔日的作品。以先見之明盡其所能，在極為有限的空間裏尋找「緘默的自由」，這是很不平凡的做人之道。

不測的時分

辛笛在愛丁堡時期寫過一首〈相失〉，後來收入《手掌集》，改題為〈門外〉。詩後附註創作的時和地：「到一九三七年冬天 / 在一個陰寒多雨 / 而草長青的地方」，附註也似一首小詩。

這是辛笛留學的第二年，抗日戰爭行將爆發。這首詩可以有不同的解讀，我讀到「門外」的夜是不測的時分，此刻相聚，恐防下一刻相失。不單是恐防人與人相失，還有此刻的人生追尋：

　　〈相失〉（節錄）　　辛笛

　　夜來了
　　使著貓的步子
　　當心門上的塵馬和蛛絲網住了你罷
　　讓鑰匙自己在久閉的鎖中轉動
　　是客？還是主人

在這歲暮天寒的時候
遠道而來
且又有一顆懷舊的心

中段是忐忑心情：

但我怕
我怕一切會頃刻碎為粉土
這裏已沒有了期待
和不期待
今夜如昨夜一樣的寂滅
那紅的銀的燭光
也不因我而長而綠

末段：

十年　二十年
我不曾尋見熟稔的環珮
貓的步子上
夜來了
一朵兩朵
白色黃色的花

我乃若與一切相失

在這天寒歲暮的時候

遠道而來

且又懷有一顆懷舊之心

這首詩的開首，在正文之前有四句古詩題詞：「羅袂兮無聲 / 玉墀兮塵生 / 虛房冷而寂寞 / 落葉依於重扃」，出自漢武帝懷念亡姬李夫人而作的〈落葉哀蟬曲〉。二〇〇三年秋天，在辛笛寫下〈相失〉的六十六年後，夫人徐文綺病逝，辛笛從此寡言，常擁被而臥，不肯起床。到他終於願意起來，精神稍好，坐在桌旁，讓女兒王聖思給他念剛出版的《智慧是用水寫成的——辛笛傳》，於是又讀到〈相失〉這首詩。辛笛要她連讀兩遍，輕輕地說：「那時就彷彿是寫現在的心情呢。」

妻子去世百日後，辛笛也逝世。送行儀式上，他臥在鮮花叢中，舒伯特的小夜曲在大廳裏播送。儀式的安排也源自他的一首詩。王聖詩說，辛笛死後，上海作家協會要為他製作生平紀念卡，請家人在他的筆記本裏尋出一首可以用作手跡的詩歌，王聖思翻來尋去找不到合適的。翻到最後，卻有一張小紙片從筆記本掉出來，飄落地上，上面赫然有辛笛手寫的一首小詩〈聽著小夜曲離去〉，這首詩在他生前從未發表：

聽著小夜曲離去

走了，在我似乎並不可怕

臥在花叢裏

靜靜地聽著小夜曲睡去

但是，我對於生命還是

一切於我都是那麼可親可念

人間的哀樂都是那麼可懷

為此，我就終於捨不開離去

民族大生命

抗戰前後是災難時代，新詩好像分為兩道河流：細小的河流從個體生命出發，感受時代；浩蕩的大江是集體，流向民族大生命。馮至與戴望舒是前者，穆旦近於後者，但穆旦個體生命的掙扎痕跡仍然鮮明。

抹掉個體生命徹底投進集體熔爐，容易墮進文學為政治宣傳服務的框框。融入民族大生命而保存真實的自己，寫真的詩，是很難得的，艾青（1910-1996）是其中一個例子。

我在海外唸書時，有一段日子愛讀抗戰時期的文學作品，從中對家國山河遙遙有感，其中對一首詩印象深刻，是艾青一九三八年的〈我愛這土地〉，令我想起「精衛鳥填海」的烈志，甚至比精衛更強烈。精衛鳥以細小身軀填滄海，艾青也自喻小鳥，有如把「小我」徹底焚燒：

假如我是一隻鳥，
我也應該用嘶啞的喉嚨歌唱：

這被暴風雨所打擊的土地，

這永遠洶湧著我們的悲憤的河流，

這無止息地吹刮著的激怒的風，

和那來自林間的無比溫柔的黎明……

——然後我死了，

連羽毛也腐爛在土地裏面。

為甚麼我的眼裏常含淚水？

因為我對這土地愛得深沉……

艾青在一九二九年留學法國，一九三二年才回國，他接觸法國文藝的時間比戴望舒更長，但選取的創作風格完全是面向民眾。艾青堅持詩要「明快」，不可含糊其詞，不寫費解的思想，不讓讀者誤解和墜入五里霧中。他堅信詩不可「晦澀」，晦澀的詩反映了對事物的觀察的忸怩與退縮。

這樣濃烈的詩並不是我特別喜愛的詩種，好像欠缺反覆細味的餘地，然而很值得尊重，因為這是他自覺的選擇。

艾青一生出版詩集超過二十本，作品被譯為十多種文字。法國在一九八五年授予艾青文學藝術最高勳章。我的疑問是，他的作品有沒有被政治框框損了生命實感？何其芳在一九三八年奔赴延安革命基地，努力試驗以各種形式寫詩，

為抗戰和社會主義服務，但詩作的品質自此不復少年時。艾青在一九四一年也赴延安，結果如何？

艾青最後一次在詩作中痛切思考自己的個體生命，可能是一九三七年春寫於戰爭爆發前夕的〈生命〉：

> 有時
> 我伸出一隻赤裸的臂
> 平放在壁上
> 讓一片白堊的顏色
> 襯出那赭黃的健康
> 青色的河流鼓動在土地裏
> 藍色的靜脈鼓動在我的臂膀裏
> ⋯⋯
> 我知道
> 這是生命
> 讓愛情的苦痛與生活的憂鬱
> 讓它去擔載罷，
> 讓它喘息在
> 世紀的辛酸的犁軛下，
> 讓它去歡騰，去煩惱，去笑，去哭罷，
> 它將鼓舞自己

直到頹然地倒下！
這是應該的
依照我的願望
在期待著的日子
也將要用自己的悲慘的灰白
去襯映出
新生的躍動的鮮紅。

痛切思考的結論是，個體生命悲慘灰白，它的意義是要襯映出集體大生命的躍動。這一定也是穆旦決意投身征戰緬軍，去面對死亡的心情。

在延安，詩歌的主旋律是謳歌人民集體，謳歌將要到來的新時代。即使是謳歌集體，艾青一九四三年在延安的詩作〈黎明的通知〉，部分段落讓我信服，他自始至終是以生命實感創作的：

為了我的祈願
詩人啊，你起來吧
而且請你告訴他們
說他們所等待的已經要來
說我已踏著露水而來

已借著最後一顆星的照引而來

……

借你的熱情的嘴通知他們

說我從山的那邊來，從森林的那邊來

請他們打掃乾淨那些曬場

和那些永遠污穢的天井

請打開那糊有花紙的窗子

請打開那貼著春聯的門

請叫醒殷勤的女人

和那打著鼾聲的男子

請年輕的情人也起來

和那些貪睡的少女

請叫醒困倦的母親

和他身邊的嬰孩

請叫醒每個人

連那些病者和產婦

連那些衰老的人們

呻吟在床上的人們

……

請他們準備歡迎，請所有的人準備歡迎

當雄雞最後一次鳴叫的時候我就到來

請他們用虔誠的眼睛凝視天邊

我將給所有期待我的以最慈惠的光輝

趁這夜已快完了，請告訴他們

說他們所等待的就要來了

個 體 尊 嚴

王佐良的文章〈談穆旦的詩〉提到抗戰時期，中國新詩來到了一個轉捩點。國立西南聯合大學的青年詩人們在讀艾略特和奧登（W. H. Auden，1907-1973）。他們讀到奧登的〈西班牙〉和寫於中國戰場的十四行組詩《戰時》，「眼睛打開了——原來可以有這樣的新題材和新寫法！」

奧登寫於中國戰場的十四行組詩在中國新詩圈子是大事。奧登是當代最著名的英國詩人，卞之琳沉迷地研究他的詩，穆旦則兼愛奧登和艾略特。一九三八年一月十九日，奧登和英裔美國小說家衣修伍德（C. W. Isherwood，1904-1986）從倫敦啟程，前往戰爭中的中國。他們經巴黎、馬賽，乘油輪橫渡地中海，再經香港往廣州、北上漢口，輾轉到達戰爭東南前線。

他們本是受出版社 Random House & Faber 特約，到亞洲撰寫一本遊記，中國文藝界卻理解為國際著名詩人朋友對中國抗戰的特別關心，掀起一陣「奧登風」。一九四一年，《戰時》

十四行組詩由朱維琪首先完整翻譯出版，卞之琳在昆明也譯出其中的六首。穆旦在文革後期翻譯《英國現代詩選》，也包括奧登《戰時》詩五十五首。

特別教中國西南的詩人群驚詫的是第十八首：怎可以這樣寫一個士兵？

卞之琳譯了這首詩，加上附記：當日此詩在文藝界招待會上朗誦，譯者恐怕直譯會不登大雅之堂，甚至得罪在座的國民黨文人，擅自改動了第二行，變成「窮人和富人聯合起來抗戰」；原文寫士兵「被他的將軍和他的蝨子所拋棄」！

這兒採用查良錚（穆旦）翻譯第十八首的版本，比卞譯較貼近原詩：

> 十八
> 他被使用在遠離文化中心的地方，
> 又被他的將軍和他的蝨子所遺棄，
> 於是在一件棉襖裏他閉上眼睛
> 而離開人世。人家不會把他提起。
>
> 當這場戰役被整理成書的時候，

沒有重要的知識會在他的頭殼裏喪失。
他的玩笑是陳腐的,他沉悶如戰時,
他的名字和模樣都將永遠消逝。

他不知善,不擇善,卻教育了我們,
並且像逗點一樣加添上意義;
他在中國變為塵土,以便在他日

我們的女兒得以熱愛這人間,
不再為狗所凌辱;也為了使有山、
有水、有房屋的地方,也能有人煙。

詩的主角是一個「被使用」(used)於戰事的無名小卒,一個沉悶的普通人,沒有甚麼知識,平日連說個笑話也是陳腔濫調;他離開人世無人會提起;一朝身死於戰場,他會被他的將軍和自己的蝨子遺棄……這樣一個「不知善,不擇善」的小兵卻教育了世人。

前面談艾青早年的詩〈生命〉,裏面的個體生命是悲慘灰白,而犧牲的意義是襯映出集體大生命的躍動鮮紅。對於艾青,集體大生命才是意義所在。奧登的視點相反——這是從一個小人物的生命著墨,寫個體為大時代犧牲的意義,和尊嚴。

日後，艾青在一九五七年反右運動中被劃為「右派」，此後二十年，他與其他詩人一樣無詩。但他沒有修改自己的詩觀。

詩 者 的 玩 藝

卞之琳與艾青同年出生，同是詩情早熟，艾青熱情擁抱抗戰前後的大時代，大時代激發他更熱烈的詩情。卞之琳本是一個靦腆內向、文思精緻的詩人，他的詩路在抗戰時期倏然而止，不須等到日後遇上政治運動鬥爭。

轉捩點是一九三八年八月卞之琳到延安訪問一年，期間過黃河北上前線，亦在魯迅藝術學院文學系代課。自抗戰前夕到赴延安之前，卞之琳已一年半未寫詩，這時響應號召，以「慰勞信」形式寫詩，向抗日的戰士與人員致敬。訪延安後，他返回大後方成都，在四川大學復職，續寫「慰勞信」詩，先後共二十首，由香港明月出版社出版。

四川大學的學年結束後，校方知道卞之琳去過共軍根據地延安，不予續聘。卞之琳因而轉往昆明西南聯大。馮至在西南聯大的獨特氛圍中寫成《十四行集》，卞之琳卻從一九三九年秋後擱下詩筆，在西南聯大時期也不曾寫一首詩，至一九五〇年才再偶爾寫詩。

一九四二年，卞之琳出版自選詩集《十年詩草（1930-1939）》，對舊作依然珍愛。到一九七八年文革過後，再度出版自選詩集《雕蟲紀歷》（1930-1958），在自序中異常冷靜地回顧自己寫詩幾個時期的心路歷程：

「人貴有自知之明」。如果說我還有點自知：如果說寫詩是「雕蟲小技」，那麼用在我的場合，應是更為恰當。

「一個人能力有大小」，氣魄自然也有大小。回顧過去，我在精神生活上，也可以自命曾經滄海，飽經風霜，卻總是微不足道。人非木石，寫詩的更不妨說是「感情動物」。我寫詩，而且一直是寫的抒情詩，也總在不能自已的時候，卻總傾向於克制，彷彿故意要做「冷血動物」。規格本來不大，我偏又喜愛淘洗，喜愛提煉，期待結晶，期待昇華，結果當然只能出產一些小玩藝兒。事過幾十年，這些小東西，儘管還有人愛好，實際上只是在一種歷史博物館或者資料庫的一個小角落裏暫時可能佔一個位置而已。

在只有二十歲上下的青年時代，卞之琳就寫出這樣的「小玩藝兒」：

〈投〉 卞之琳

獨自在山坡上，
小孩兒，我見你
一邊走一邊唱，
都厭了，隨地
撿一塊小石頭
向山谷一投。
說不定有人，
小孩兒，曾把你
（也不愛也不憎）
好玩地撿起，
像一塊小石頭
向塵世一投。

卞之琳一九二九年入北京大學英文系，二年級開始悄悄寫詩。徐志摩（1897-1931）在北京大學兼課，卞之琳聽他的「英詩」課。課外，卞之琳抄錄一些詩作交給老師讀。徐志摩讀了喜歡，將作品帶到上海給沈從文（1902-1988），沈從文

也頗為欣賞，給卞之琳寫了一封信，說他和徐志摩都認為這批作品可以印成一本小冊子。還拿其中一首題目，建議結集命名為《群鴉集》。沈從文寫下「附記」，評說卞之琳的詩作：「運用平常的文字，寫出平常人的情感，因為手段的高，寫出難言的美。詩的藝術第一條件若說是文字的選擇，之琳在這方面十分的細心，他知道選擇『適當』的文字，卻刷去了那些『空虛』的文字。」

一九三一年十一月徐志摩死於空難。翌年「一・二八」事變，日軍攻上海，《群鴉集》胎死腹中。

卞之琳更出色的「小玩藝兒」在一九三五至一九三七年之間寫成。〈斷章〉（1935）刊出來的版本只有四句，便成為經典。

〈斷章〉　卞之琳

你站在橋上看風景，
看風景的人在樓上看你。
明月裝飾了你的窗子，
你裝飾了別人的夢。

卞之琳寫〈斷章〉時二十五歲。這一年春天，他應邀客居日

本東京五個月，為中華文化基金會翻譯英國文學傳記《維多利亞女王傳》。歸國後，到山東濟南任高中老師，十月寫下這首詩，收入十二月出版的《魚目集》。

晚年卞之琳回憶說：「這首短詩是我生平最屬信手拈來的四行，卻頗受人稱道，好像成了我戰前詩的代表作。」

像 Robert Frost 的〈The Road Not Taken〉一樣，詩人只是偶然成詩，讀者和評論家卻讀出很多層次和意思來。李健吾（1906-1982）是當代知名的文藝評論家，認為卞之琳在〈斷章〉詩中表達了很深的感慨，人生只是別人的裝飾，這裏「埋著說不盡的悲哀」。

卞之琳並不認可李健吾的解讀，他說創作時著意表現的反而是「相對相親、相通相應的人際關係」，因為四句已經達意，沒有寫成一首較長的詩，因而取名〈斷章〉。「裝飾」是與「看風景」對稱的「詩眼」，並不是特別的感慨。

我倒有點同情李健吾讀〈斷章〉的直覺感悟。有時候，人的真實生命只是其他人觀賞的風景。即使寫的時刻無心，卞之琳也是傳遞了這一點意思。事實上，前面介紹卞之琳那首少作〈投〉，詩中的小孩兒也是了詩人冷眼觀看的對象，儘管

也帶著悲憫去看。

關於〈斷章〉，另一些認真的讀者和評論家就去考據「索隱」，追問詩中那個「你」是否卞之琳愛慕一生的張充和女士（1914-2015）？卞之琳與張充和那一段長達六十載的似有還無的情，委實太適合文學想像了。甚至，詩中那道橋是否濟南某一座橋？在濟南大明湖嗎？也被細心推敲一番。

卞之琳在六十八歲最後一次出版自選詩集，書名定為《雕蟲紀歷》，人們以為那是他的自謙，然而這未必全是自謙。最偉大的詩作可能是渾然天成，但大多數詩作是一種手藝（craft），而雕蟲就是最精緻的、講求功夫的手藝。對於卞之琳，新詩是認真的文字手藝。

本書開首通過廢名寫冰心，一九三六年廢名在北京大學講新詩，當初未講到卞之琳和馮至，因為翌年遇上「七七事變」。多年後他再補上「集外」數篇，他肯定地判斷，新詩出了馮至的《十四行集》和卞之琳的《十年詩草》之後，真的可以與唐代的詩歌相比了。

卞之琳與廢名是知交。他晚年自述，從大學畢業時期認識廢名，「從此成為他的小朋友以後，深得他的深情厚誼。他雖

然私下愛談禪論道，卻是人情味十足。他對我的寫作以至感情生活十分關注。」

廢名對卞之琳的詩或者略有偏愛，但在〈集外·十年詩草〉一文中，真能道出卞之琳的詩的可貴之處。

這兒附錄一首很有情誼的小詩——廢名的〈寄之琳〉，寫在一九三五年五月八日：

〈寄之琳〉　廢名

我說給江南詩人寫一封信去，
乃窺見院子裏一株樹葉的疏影，
他們寫了日午一封信。
我想寫一首詩，
猶如日，猶如月，
猶如午陰，
猶如無邊落木蕭蕭下——
我的詩情沒有兩片葉子。

情意與感悟

關於卞之琳對張充和的愛慕，有大量的文章（或者說，很多人做大量的文章），這兒不宜引述。不少文章以「苦戀」來形容，我看是太過「想當然」了。那比較像歷久不散的輕淡情意。

在《雕蟲紀歷》自序，卞之琳提到寫於一九三七年的一組五首情詩的緣起：

> 在一般的兒女交往中有一個異乎尋常的初次結
> 識，顯然彼此有相通的「一點」。由於我的矜持，
> 由於對方的灑脫，看來一縱即逝的這一點，我
> 以為值得珍惜而只能任其消失的一顆朝露罷了。
> 不料事隔三年多，我們彼此有緣重逢，就發現
> 這竟是彼此無心或有意共同栽培的一粒種子，
> 突然萌發，甚至含苞了。我開始做起了好夢，
> 開始私下深切感受這方面的悲歡。隱隱中我又
> 在希望中預感到無望，預感到這還是不會開花

結果。彷彿作為雪泥鴻爪，留個紀念，就寫了
《無題》等這種詩。

五首《無題》詩當中，第一和第五首最為動人，這或者是卞
之琳詩情與詩藝都最飽滿的時候。第一首以感性起，以鳥瞰
般的視點敞開胸懷來收筆，沒有絲毫痴纏之意；第五首更轉
向帶有知性的感悟，「空」並不是虛空。

《無題（一）》

三日前山中的一道小水，
掠過你一絲笑影而去的，
今朝你重見了，揉揉眼睛看
屋前屋後好一片春潮。
百轉千回都不跟你講，
水有愁，水自哀，水願意載你
你的船呢？船呢？下樓去！
南村外一夜裏開齊了杏花。

《無題（五）》

我在散步中感謝
襟眼是有用的，

因為是空的，
因為可以籫一朵水花。
我在籫花中恍然
世界是空的，
因為是有用的，
因為它容了你的款步。

十年後，卞之琳為辦理去訪問牛津大學的出國手續南下，在
蘇州小住，並與張充和話別。之後，張在北京大學教授崑曲，
在姐夫沈從文家認識了任教北大西語系的德裔美籍學者傅漢
思，兩人於一九四八年結婚，翌年移居美國。

這段故事給我的感覺像《詩經‧蒹葭》，所謂伊人，在水一
方。然而故事有一個雅淡有禮的暮年句號。卞之琳從牛津回
歸新中國，從事外國文學的研究、評論和翻譯。一九五三年
秋天，他到浙江參加農業生產合作化試點工作，有一晚在蘇
州城裏滯留，被安排借宿於一間樓室，正是張充和舊居。夜
半，卞之琳無聊翻翻書桌空抽屜，赫然見到昔年沈尹默給張
充和圈改的幾首詩稿，當即取走保存。一九八〇年卞之琳到
美國小遊，當面把整份詩稿還給張充和。張充和喜出望外，
原來她手頭留著沈尹默改了詩後寫給她的信，正是遺失了這
幾份詩稿。卞之琳為此寫了一篇〈合璧記趣〉。

一九三七年，卞之琳還有一首十分耐讀的小詩，從雨想到朋友見了又別離，從而想到音訊也無的其他友人，收筆出人意表，竟是一片天真的童心，在天井裏放一隻玻璃杯看明朝雨落多少。我總是遐想：卞之琳訪問延安之後，自此幾乎無詩，他是怎樣親自埋葬了這片詩人的天真。

〈雨同我〉　　卞之琳

「天天下雨，自從你走了。」
「自從你來了，天天下雨。」
兩地友人雨，我樂意負責。
第三處沒消息，寄一把傘去？
我的憂愁隨草綠天涯：
鳥安於巢嗎？人安於客枕？
想在天井裏盛一隻玻璃杯，
明朝看天下雨今夜落幾寸。

告別天真

寫到卞之琳的〈雨同我〉，他告別天真，我想到，那是一個純真時代（age of innocence）的終結。

這想法來自第二次世界大戰後英國詩人拉金（Philip Larkin，1922-1985）的一首詩，題目為羅馬數字〈一九一四〉（MCMXIV）。詩分四節，每節八行，最後一節是這樣的：

> 這樣的天真不會有了，
> 以前沒有以後也不會有了，
> 一言不發地把自己
> 變成了往昔──留下了
> 齊整花園的男人們，
> 維持得更長久一些的
> 成千上萬的婚姻：
> 這樣的天真不會再有了。

Never such innocence,
Never before or since,
As changed itself to past
Without a word – the men
Leaving the gardens tidy,
The thousands of marriages
Lasting a little while longer:
Never such innocence again.

摘自戴玨譯《菲力普·拉金詩選》

拉金將〈一九一四〉獻給第一次世界大戰的陣亡者，但他其實是在第一次大戰結束後才出生的。這首詩的印象來自戰時照片。照片裏不同社會階級的青年人，響應徵召，高高興興來排隊入伍。

拉金以獨有的描寫細節筆觸，像為這些年輕人再拍一次照，並且想像他們正在告別戰前英國那種純真的社會秩序。詩這樣開始：

那些長長的不規則隊形
耐心地站著

彷彿他們在橢圓球場

或維拉球場外延伸，

帽子的頂部，蓄有

長髭的古老臉膛上的陽光，

咧著嘴笑，彷彿這全然是

八月法定假日的一項活動；

Those long uneven lines

Standing as patiently

As if they were stretched outside

The Oval or Villa Park,

The crowns of hats, the sun

On moustached archaic faces

Grinning as if it were all

An August Bank Holiday lark;

在四十年代，中國新詩詩人的天真日子正在終結。來到這裏，我也讓《有詩的時候》第一部分收筆。這兒點算一下，第一部分引錄的小詩（全首或部分）共有四十三首，按詩人有詩被引錄的次序，列表如下。

【第一部分】選錄的詩：

Emily Dickinson 〈To see the Summer Sky〉

蔡炎培 〈小品的夜〉
〈回歸線上〉
〈扇面〉

冰心 《繁星》第七十五首、第一百一十三首、
第一百一十六首
〈安慰〉

泰戈爾 〈迷途的鳥〉

李商隱 〈錦瑟〉

Robert Frost 〈The Road Not Taken〉（未走的路）

魯迅 〈自嘲〉

戴望舒 〈雨巷〉
〈獄中題壁〉
〈蕭紅墓畔口占〉

馮至 《十四行集》第二首、第十六首、
第十八首
〈在病院裏之二〉
〈自傳〉

里爾克 〈沉重的時刻〉

穆旦	〈在曠野上〉
	〈飢餓的中國〉
	《詩八首》第一首、第八首
	〈葬歌〉
	〈冥想〉

辛笛	〈再見，藍馬店〉
	〈香港小品〉
	〈相失〉
	〈聽著小夜曲離去〉
	〈輓歌〉

艾青	〈我愛這土地〉
	〈生命〉
	〈黎明的通知〉

| 奧登 | 《戰時》第十八首 |

卞之琳	〈投〉
	〈斷章〉
	〈無題〉第一首、第五首
	〈雨同我〉

| 廢名 | 〈寄之琳〉 |

| Philip Larkin | 〈MCMXIV〉（一九一四） |

第二部分

在大時代下流離

不尋常女子　寄在水上　幾片葉子　來自馮至　學問道路

在劫情真　孑然一身

歡濃如酒，人淡如菊

《詩人與死》（節錄）　鄭敏

我們都是火烈鳥
終生踩著赤色的火焰
穿過地獄，燒斷了天橋
沒有發出失去身份的呻吟

左手哲學右手詩

樹在狂風中

人民的白色花　血性男兒

不尋常女子

在第一部分談到的詩人，除了 Emily Dickinson 和冰心，其他全是男性。在四十年代創作的女詩人，我特別喜歡陳敬容（1917-1989）。在談穆旦詩的一節我提到，陳敬容評論穆旦的詩，說他下筆「剝皮見血」，而她自己也有一針見血的靈慧洞悉能力。

陳敬容是在生活中經歷血淚的過來人，一個我認為很不尋常的女子。面對生活苦難，她的詩有一種特別誠實而且充盈的生命力。她人生第一段情是師生戀；第二段是殘酷糟糕的婚姻，跟隨空有才情但完全不負責任的丈夫在大西北蘭州嚐盡孤寂，她自己說是一場「荒涼夢」，然後獨自帶了女兒離去，返回家鄉四川從頭開始。在清貧生活中她恢復了充盈的生命，一九四八年出版的第二本詩集就定名為《盈盈集》。她後來還經歷第三段婚姻，獨力照顧兩個女兒。在「文革」前後，她二十年無詩，到一九八三年出版第三本詩集，名為《老去的是時間》：時間會老去，生命並不隨時間枯萎。

北島編選的一本書《給孩子的詩》，選入陳敬容的一首詩，
是〈山和海〉：

〈山和海〉　陳敬容

「相看兩不厭，只有敬亭山」——李白

高飛
沒有翅膀
遠航
沒有帆
小院外
一棵古槐
做了日夕相對的
敬亭山
但卻有海水
日日夜夜
在心頭翻起
洶湧的波瀾
無形的海啊
它沒有邊岸
不論清晨或黃昏

一樣的深

一樣的藍

一樣的海啊

一樣的山

你有你的孤傲

我有我的深藍

〈山和海〉寫於一九七九年，陳敬容六十二歲。人生風雨之後，陳敬容晚年寫下的詩句尤其澄澈沉澱。六年前在文革中，她因病退休。晚年生活靜對小院古槐樹，這便是與她相對的「敬亭山」，人生記憶如海。詩眼在收筆處：「你有你的孤傲／我有我的深藍」，蘊藏多少人生況味與堅持！

陳敬容寫下〈山和海〉的前一年，昔年一個鄰居孫瑞珍，為編寫文學家辭典再來尋訪她。在陳敬容辭世之後，孫瑞珍在一篇短文憶述了這次尋訪，對陳敬容晚年的幽居景況寫得細致，放在〈山和海〉一詩旁邊並讀，很能見到陳敬容生意盎然的晚年。

　　「文化大革命」前，我（孫瑞珍）曾和她住在一個四合院裏，那時，我的孩子很小，又要去十幾公里以外的郊區上班，她常常過來關照我。

院子裏有一棵很大的棗樹，每到甜棗收穫的季節，她總是捧著一個小碗，給我送來一碗又甜又脆的大紅棗，我覺得她很熱情，像母親般地關懷我。從此，我們成了朋友，彼此也還算信任，空閒時常坐在一起聊聊。她是一個很樂觀、開朗的人，但從不談她的過去，更不談她創作上的成就。時間久了，我從周圍人的口中對她過去的生活知道星星點點。

十年浩劫，我和她完全失去了聯繫，各自都離開了這個四合院。一九七八年，為了編寫《中國文學家辭典》和《中國現代女作家》，我又想到了她，幾經打聽，才知道她的確切地址。一天，寒冷異常，北風呼嘯，我和一位朋友來到位於北京正南方向的一座寺廟——法源寺。那時的法源寺還沒有修葺，一幅破落、凋零的慘景，院子裏來往的人很少，走進裏院，使人覺得有些驚然。有人告訴我陳敬容就住在這座破廟的一間房子裏，按照看廟人的指引，我找到了那間房子，廟的後院有三間瓦房，分住兩家人，中間的堂屋，兩家公用，放些碗櫥等零七八碎的東西。兩家人的門口都是鎖頭將軍把

門。窗戶都是那種老式有格子的木櫺窗，屋子裏很黑，我只好趴在窗玻璃上觀察，判斷陳敬容住在哪間房子裏。很湊巧，詩，幫了我的忙。靠窗的桌子上堆著一些不太整齊的雜誌，正中間，有一堆擺放不很端正的稿紙，我一眼認出，那上面的字是陳敬容的筆跡，那是她的詩的手稿，我在門上給她留下了一張紙條。回來的路上，我高興極了——找到了詩，就找到了陳敬容，找到了陳敬容也就找到了詩。

過了兩三天，我接到了她的來信，她約我盡快到她的房子裏談一談，我又一次到了法源寺。走進她那又冷又黑的房子。火爐燃得不旺，彷彿進了冰窖一般。當她伸出手來跟我握手時，我發現她的手粗糙得如同常年在農村勞動的老農的手，並且所有的骨節都突出增大。房子裏沒有自來水，也沒有廁所、下水道，每天要提幾大桶水。那時，她和女兒住在一起，幾乎所有的家務勞動都由她一個人承擔。

陳敬容說，一生中這最後一段時光，可以關起門來寫詩，寫散文，是她最滿意，也最快樂的日子。

寫在水上

天才英國詩人濟慈（John Keats，1795-1821）因肺結核病早逝，年僅二十五歲，客死羅馬。他生前為自己撰寫墓誌銘，只有一句話，就是一首詩：Here lies one whose name was writ in water。

這句話有典雅的文言翻譯，「此地長眠者，聲名水上書。」白話翻譯為「這裏躺著一位名字寫在水上的人」。

一九八〇年，香港《八方文藝叢刊》第三輯有「九葉詩人」專輯。辛笛、穆旦和陳敬容都是九葉詩人。關於「九葉詩人」，下面再說，這兒抄錄陳敬容發表於這期《八方》的《詩六首》之二：

〈寫在水上〉　　陳敬容

你曾經寫在水上
你曾經寫在沙上

你曾向飄忽的流雲
寄託固執的希望

縱使一切都已丟盡
也還有光，在天上

但豈能等同於草木
既然有一顆跳動的心臟

這首詩寫於一九七六年夏天，當夏天過去，毛澤東將於九月
逝世、文革即將結束。陳敬容這時五十九歲，人近暮年，「寫
在水上」很容易落入似水流年的感傷，但她沒有。這首詩
的第一、二節似乎是站在感傷的邊緣，但接下去，每一節
比前一節都充盈更滿滿的人生信念。這便是詩人女子的不
尋常之處。

《詩六首》之五〈致白丁香〉寫於一九七九年，陳敬容在詩
的第二節回顧少女的自己：

在十分幼稚天真的時辰，
我寫過：我愛單色的和
寥落的生，煙雲一般
飄去了多難的青春，
給留下　一片寥落，一片清純。

「我寫過：我愛單色的和寥落的生」這一句，憶及的是她在二十歲時寫下的〈斷章〉：

> 我愛長長的靜靜的日子，
> 白晝的陽光，夜晚的燈；
> 我愛單色紙筆、單色衣履，
> 我愛單色的和寥落的生。

陳敬容是四川樂山人，父親以嚴苛的禮教治家，對妻女粗暴。少女陳敬容拂逆父親旨意，偷讀《紅樓夢》、《聊齋誌異》等書，遭受軟禁。她對浪漫人生有禁不住的渴求，與教師、詩人曹葆華相戀，十五歲和十七歲兩度離鄉出走，終於孤身去到北京，追隨曹葆華生活。未曾完成中學就沒有條件上大學，她在北京圖書館自學，到清華大學和北京大學偷偷旁聽。

在寫〈斷章〉的前一年，陳敬容與曹葆華同居，與家鄉斷絕關係。一九三七年盧溝橋事變，兩人返回四川成都，一九三九年春離異。這段師生戀為何結束，兩人都沒有透露，但看來是平和的。陳敬容有一首動人的小詩，女兒心事纖細，可能緣於與曹葆華的分手，卻並未自憐自傷。

〈假如你走來〉　陳敬容

假如你走來；
在一個微溫的夜晚，
輕輕地走來，
叩我寂寥的門窗；

假如你走來，
不說一句話，
將你戰慄的肩膀，
依靠白色的牆。

我將從沉思的坐椅中
靜靜地立起
在書頁中尋出來
一朵萎去的花
插在你的衣襟上。

我也將給你一個緘默，
一個最深的凝望；
而當你又踽踽地走去，
我將哭泣──是因為幸福，
不是悲傷。

隨之而來是另一段更衝動的戀愛。陳敬容追隨回族年輕詩人沙蕾遠走蘭州，在孤寂的西北荒涼之地，當一個與世隔絕的主婦。這段維持了四年的婚姻盡是創傷。「離開了社會、朋友和同志，遠離了文藝生活的旋渦，做飯、看孩子——簡單而又繁重的家務勞動，吞沒了她青春的歲月，即便偶有所作，也未曾發表。」

對這段荒涼的歷程，和最終的逃離，陳敬容並沒有過多的描述，倒是她的女兒沙靈娜提供了一些側面的描寫。一九九九年，陳敬容去世十周年，沙靈娜在〈懷念媽媽〉一文記述：

> 父親是一個熱情洋溢的詩人，但一生從不腳踏實地，彷彿是一個夢遊者，卻同時又是俗世中沉溺於情慾的放縱主義者，在蘭州的那些歲月裏，他一方面禁錮媽媽的人身自由，一方面卻並不忠實於自己的愛情諾言，而在外面幾度尋歡作樂，傷透了媽媽的心。那些年月在經濟上，也是極其艱難的。缺少責任感的父親，幾乎不事生產。光寫詩是沒有飯吃的，他懂得一點中醫，曾經在某藥房任「坐堂郎中」，但時常是有病人去找他卻找不到，不知他去何方遊蕩了。我們母女有時竟至在飢餓線上掙扎。

在極度孤寂的某一點，陳敬容的心靈卻又閃動起亮光。

一九四三年冬天寫於甘肅臨夏的〈創造〉有這兩節：

> 伴和著我生命的潮浪，
> 你們流來，你們流來！
> 帶同著憂愁和歡欣，
> 愛與憎，福樂與苦刑……

> 我在你們的悲歡裏浸漬而抽芽，
> 而開出一樹樹繁茂的花；
> 我紙上有一片五月的年輕的太陽，
> 當暗夜懸滿憂鬱的黑紗。

這是轉捩點。之前的女子渴望愛情，愛是苦，但生命在悲歡裏浸漬抽芽。一九四四年，陳敬容與荒涼的西北訣別，回四川先投靠弟弟，之後在重慶郊區一帶流浪，當過小學代課教師和合作社職員。一九四六年她覓得編輯職務，不久又辭去職務，專事創作和翻譯。

一九四六年的〈雨後〉展示一個重新煥發的心靈：

雨後的黃昏的天空，
靜穆如祈禱女肩上的披巾；
樹葉的碧意是一個流動的海，

煩熱的軀體在那兒沐浴。
我們避雨到槐樹底下，
坐著看雨後的雲霞，
看黃昏退落，看黑夜行進，
看林梢閃出第一顆星星。

有甚麼在時間裏沉睡，
帶著假想的悲哀？
從歲月裏常常有甚麼飛去，
又有甚麼悄悄地飛來？

我們手握著手、心靠著心，
溪水默默地向我們傾聽；
當一隻青蛙在草叢間跳躍，
我彷彿看見大地在眨著眼睛。

寫下這首詩，飽歷歲月的生命悄然甦醒了。

幾片葉子

上面提到，辛笛、穆旦和陳敬容都是「九葉詩人」。接下來這位女詩人鄭敏（1920 - ），也是「九葉」之一。

「九葉」指的是九位詩人，按年紀排列如下：

辛笛（王馨迪，1912-2004）、杜運燮（1915-2002）、陳敬容（1917-1989）、曹辛之（1917-1995）、穆旦（查良錚，1918-1977)、唐湜（1920-2005）、唐祈（1920-1990）、鄭敏（1920- ）和袁可嘉（1921-2008）。動筆寫這一節時，是二〇一六年的秋天，「九葉詩人」只有鄭敏還在世。

九位詩人都是四十年代曾在上海《詩創造》及《中國新詩》兩份刊物上刊登作品。這是報禁時期，兩份詩刊都逃不掉被國民黨政府查封的命運，壽命很短，但在中國新詩史意義甚大。唐湜的文章〈九葉在閃光〉對兩份刊物和相關人物有詳細的記述，在此不贅述。

一般的說法，「九葉派」是新詩的一個重要「流派」，但我

存疑，「九葉」真是一個詩派嗎？九人的性格和詩的風格差異很大，例如閱讀鄭敏與閱讀陳敬容是截然不同的經驗；閱讀辛笛和閱讀穆旦更完全是兩回事。

不少文藝記者探訪鄭敏，常問她對於「九葉派」的說法有甚麼看法，她有妙答：「『九葉派』是別人把我們捏到一塊兒的，是時代把我們沖到一塊的。」

她說的是抗戰勝利後，曹辛之在上海辦詩刊，九人因為同在詩刊發表詩作，因而被連結起來。曹辛之、辛笛、陳敬容、唐湜和唐祈人在上海，鄭敏、穆旦等其餘四人卻是西南聯大的詩人群。鄭敏與穆旦、杜運燮在西南聯大同期，互相認識，但鄭敏唸哲學，自有天地，不熱衷社群交往，與穆旦、杜運燮也不是很熟絡。袁可嘉最年輕，鄭敏說，「我只在錄取名單上看到過他的名字，沒有見過面。」

二〇〇七年《南方都市報》訪問八十六歲的鄭敏，這次她對「九葉」的緣起憶述得比較仔細。那是文革過後，文藝界復甦，「一九七九年秋天，曹辛之、王辛笛、唐祈、唐湜、陳敬容等詩人為編輯《九葉集》找到我，我們舉行了平生第一次集會。可以說，沒有曹辛之就沒有九葉派，全是他張羅的。曹辛之是編輯，意識很敏感，他認為，很久以來都只剩

主流意識一種了，只知道詩歌為政治服務，應該把四十年代的詩拿出來，讓大家看看甚麼是新詩。中國的新詩也快四十年了，應該讓一九四九以後的詩人知道，我們的詩歌曾走過甚麼樣的道路。

「這麼做的一個背景是，中國當時正急著與世界接軌，開始從文化的角度看問題了。當時詩集出來以後，很多詩人都大吃一驚：原來中國還有過這種詩。」

鄭敏說，四十年代，她與其中幾位詩人都還不認識。「這些人裏，我一度跟陳敬容通信較多，可後來幾次變故，信都不知去哪裏了。」

「為甚麼叫九葉？當時曹辛之說，『九』，是指我們九位詩人。而我們這批四十年代寫詩的人，當時正在接受思想改造，總不能說自己是花吧？只能當綠葉，來襯托革命的花，那就叫『九葉』吧，名字就這麼定下來了。大家是從舊社會過來的知識分子，都很識相，知道自己的地位。其實這種自謙是不健康的，就是把人分三六九等，自我降低。」

鄭敏強調，九葉詩人的風格各個不一樣。「其實我一直是個人創作，沒有甚麼流派的概念。如果不是曹辛之，我也不會

成為『九葉』中的一員,不會跟中國新詩發展相連。」

《九葉集:四十年代九人詩選》在一九八一年由江蘇人民出版社出版。這時候,九人之中,穆旦在文革後早逝,曹辛之(筆名杭約赫)不再寫詩,專職裝幀藝術,其餘七人重拾筆桿。一九八五年香港三聯出版《八葉集》,選取他們五十至八十年代的作品,連同穆旦七十年代的遺作合為一集。

鄭敏晚年對中國新詩的來路和去向,有深刻的思考。她認為「九葉」是「第一個波瀾」,使中國新詩走出早期的浪漫抒情的階段,打破了舊有對詩的文雅概念。

回首評說「九葉」,鄭敏這樣跟記者說:「現在讓我站出來看,我才認識到,『九葉派』總結了二戰後中國新詩的氛圍,反映了當時的時代精神特徵,那種『希望和憂慮交織,痛苦和興奮並存,人類又逃過一劫,但明天應當是甚麼樣的呢?』的迷茫。從風格上講,『九葉派』的詩歌語言已走出早期的口語大白話,開始用文學語言承載他們複雜的現代思想感情。」

來自馮至

在另一次訪問，鄭敏有這一段話：「一些詩人和評論家說作為一位九十多歲的老太太怎麼會『詩心不死』？我的回答是如同『春蠶到死絲方盡』。一個將寫詩等同於自己心靈呼吸的詩人，自然會活一天就寫一天。當然如果實在是「才盡」了，就只好像一位失去聲音的歌手，去聽演唱，而繼續陶醉在別人的歌聲中。」

與陳敬容一樣，鄭敏的詩心終生不渝。二十來歲的陳敬容寫下〈假如你走來〉這樣心事纖細的情詩，二十來歲的鄭敏卻寫下〈我從來沒有見過你〉，對愛情的嚮往已經昇華成為對緣分的領悟，令人想起馮至《十四行集》的默想哲思。詩二十三行，分四節，第一節：

> 我從來沒有見過你
> 因此你神秘無邊
> 你的美無窮
> 只像一縷幽香
> 滲透我的肺腑

第四節：

　　　雖然我們從未相見
　　　我知道有一剎那
　　　一種奇異的存在在我身邊
　　　我們的聚會是無聲的緘默
　　　然而山也不夠巍峨
　　　海也不夠盈溢

最後兩句或者是說，海誓山盟的時刻未至，但有一剎那，神秘地，她彷彿與未來的那個「你」同在。另一首小詩〈永久的愛〉寫的也是一剎那，愛情的感覺如光滑的魚身，逃脫了，遺下的卻不只是傷感，竟是感悟：神靈才可以了解的痛苦的意義。詩人的詩不只是來自一己的情思。

　　〈永久的愛〉　　鄭敏

　　黑暗的暮晚的湖裏，
　　微涼的光滑的魚身
　　你感覺到它無聲的逃脫
　　最後只輕輕將尾巴
　　擊一下你的手指，帶走了

整個世界，緘默的

在漸漸沉入夜霧的花園裏。
凝視著園中的石像，
那清晰的頭和美麗的肩
堅固開始溶解，退入
氾濫著的朦朧——

呵，只有神靈可以了解
那在一切苦痛中
滑過的片刻，它卻孕有
那永遠的默契。

鄭敏在多次訪問中說自己師從馮至，在西南聯大，馮至教授
德文課，鄭敏唸的是哲學系，不在外文系，但德文是哲學系
的必修科。

她晚年接受訪問，每一次也談馮至。當鄭敏追憶老師馮至，
那是異常親切的感覺，那也是對西南聯大的特殊感覺。這裏
要較大篇幅地引述，才能反映她心目中的老師：

那時馮先生剛步入中年，雖然按照當時的習慣

穿著長衫，拿著一支手杖，走起來卻是一位年輕的教授，而他在課堂上言談的真摯誠懇更是充滿了未入世的青年人的氣質。可馮先生是很少閒談的，雖然總是笑容可掬，卻沒有和學生閒聊的習慣。

……當時師生關係帶有不少親情的色彩，我還曾攜馮姚平（馮至先生的長女）去樹林散步，拾落在林裏的鳥羽。但由於那時我的智力還有些混沌未開，只隱隱覺得馮先生有些不同一般的超越氣質，卻並不能提出甚麼想法和他切磋。但是這種不平凡的超越氣質對我潛移默化的影響卻是不可估量的，幾乎是我的《詩集：1942-1947》的基調。

唸了哲學之後，我開始對歌德和里爾克特別感興趣，我就不喜歡那種純粹抒情的詩了，喜歡智性多一些的。自己在課餘的時候就開始動筆寫一些白話詩。

……我大學三年級時，在一次德文課後，我將一本窄窄的抄有我的詩作的紙本在教室外遞

上，請馮先生指教。第二天德文課後先生囑我在室外等他，片刻後先生站在微風中，衣襟飄飄，一手扶著手杖，一手將我的詩稿小冊遞還給我，用先生特有的和藹而真誠的聲音說：「這裏面有詩，可以寫下去，但這卻是一條充滿坎坷的道路。」我聽了以後，久久不能平靜，直到先生走遠了，我仍木然地站在原地，大概就是在那一刻，註定了我和詩歌的不解之緣。

……我確實認為，我一生中除了後來在國外唸的詩之外，在國內，從開始寫詩一直到第一本詩集《詩集：1942-1947》的形成，對我影響最大的是馮先生。這包括他詩歌中所具有的文化層次，哲學深度，以及他的情操。我覺得我跟他的共同點就是我們都是先唸哲學，然後進入詩，在詩歌上我們的趣味很接近。他是一個絕對的學者，非常嚴謹的老師，我好像從來沒有聽他說過一句玩笑話；他的文章也是這樣，沒有一句是隨隨便便的，每一句都是非常嚴肅的問題。

馮至先生的家與我們的宿舍離得很近。我不知

道為甚麼，會經常冒冒失失地跑到馮先生家去坐著，卞之琳等人有時候會去看馮先生，他們聊天的時候我就坐在邊上聽，一言不發，他們也不會趕我走。我非常尊重馮先生，可是無法跟他瞎聊，好像我一定要帶點甚麼問題去請教他，否則不會到他那兒去串門。有相當一段時間我經常去找他，但每次去他那兒好像上課似的，你如果不提問題他絕對不說，尤其是生活瑣事，與他無關的事。

學問道路

鄭敏非常珍惜西南聯大獨有的自由學風，學生「如同野地裏的花花草草一樣，肆意地生長著。」學風自由但不散漫，充盈著真實的生命：

> 我覺得西南聯大教育最大的特點，就是每個教授跟他所研究的東西是融為一體的，好像他的生命就是他所思考的問題的化身。他們的生活就是他們的思想，無論甚麼時候都在思考。這對我的薰陶極深，但是這種精神，我以後在任何學校、任何環境中都找不到了。

> 摘自鄭敏口述、王晶晶採訪整理〈九葉派唯一健在詩人鄭敏：幸運在西南聯大，遺憾也在西南聯大〉

在另一次訪問，鄭敏細細回憶在西南聯大聽的哲學課，和之後研究英美文學之路：

印象最深的是鄭昕的康德課。鄭昕較年輕，他講的是一個永遠永遠沒有辦法解決的問題：是否存在另一個 Being？康德在這個問題上困惑了很久，鄭昕似乎也一直在這裏面矛盾和掙扎，這個問題，現在看來似乎也沒有辦法解決。西南聯大的教舍很破，一面牆，圍著一塊荒地，後面都是墳，鐵板蓋著的房子，有門有窗，但窗子上沒玻璃窗，誰遲到了就得站在窗子邊上吹風。有時走在昆明的路上，還可以碰見老師。

讀了四年，哲學我也唸夠了，到了美國就開始唸英美文學。布朗大學位於羅德島，雖然沒有哈佛發展得那麼迅速，規模不大，但卻是最英國味、最古老、最早移民的大學，也是常青藤盟校之一。

四十年代，中國詩壇正是艾略特與奧登的時代，艾略特的文集在中國也出版了。當時他也確實是美國最紅的詩人之一。他的 Modern，或 Post-Modern，在今天也仍然算得上是 Modern。他的現代性藝術淵源，要歸功於十七世紀的玄學詩。艾略特挖掘並重新解釋了十七世紀的詩人莊頓

（John-Donne，1573-1631），莊頓就成了二十
世紀四十年代最受矚目的詩人。我就選擇了莊
頓作為我後來的碩士論文題目。

摘自侯虹斌〈詩人鄭敏：人是需要知識良心的〉

鄭敏發現，經過艾略特重新解讀莊頓和十七世紀的英詩，英
國詩歌跳過了十九世紀的 Romantic 詩風，一躍進入 Modern
的世界。英國詩歌的現代性是經由詮釋傳統、借鑒傳統而
來的。

記者聽得明白，問道：「二〇〇四年，你還曾在首都師範大
學說過，中國新詩到現在還沒有形成自己的傳統。你是不是
希望像艾略特找到莊頓這個傳統一樣，在有意識地尋找中國
詩歌的這種淵源？」鄭敏說：「是」。

九十歲後的女詩人還在思考如何重新解讀中國詩歌傳統的問
題，「再不研究，它們就要完蛋了。」鄭敏說。

左手哲學右手詩

《先生》記者馮會玲訪問鄭敏，是最近期的一次。題目起得很有靈感，引述鄭敏回顧自己生平「左手哲學右手詩」。文章不長，原因可能是女詩人的年紀已到了善忘季節。鄭敏的第一句話是：「我也不知道我多少歲，快一百歲了。日子快得就像翻日曆那麼快。」這句話也像詩句。接下兩道對答很有意思：

記者：「您這一輩子如何在哲學和詩之間找到一個特別好的契合點？」

鄭敏：「我前兩天我還問我自己呢，我覺得是永遠不會有答案的。哲學是永遠沒有固定的答案的。」

記者：「那詩呢？」

鄭敏：「詩有一個好處，可以代表你現在自己，

你要替別人寫就不見得對了，可是你自己如果
　　有一個角度，就知道你自己目前是在哪一種。」

訪問地點在詩人家中，茶几上擺著一幅她和老伴童詩白的合照，兩人在美國留學時相遇，互問方知是西南聯大校友，兩個月後閃電式結婚。童詩白後來成為中國電子學學科奠基人。二〇〇五年訪問時，童詩白已去世了，但在採訪時鄭敏對記者説，「老伴去上班了，每天晚上吃完飯才回來。」這也像詩。她是年老思想混亂了嗎？讀來更像是詩人另有不褪色的心中景象。

訪問還有一張插圖照片，鄭敏和老伴在一處沙灘，海風吹拂紅色的絲巾。老照片嵌在一個布朗大學（Brown University）的黑皮邊銀框照片架。西南聯大畢業後，鄭敏到美國升學，先後在布朗大學和伊利諾州立大學攻讀，一九五二年獲布朗大學頒授英國文學碩士學位。

看著照片架，我的感覺有點難以形容。布朗校園古樸，七十年代我在這兒唸大學，特別喜愛的人文學科圖書館矗立已百多年（一九六四年命名為 Rockefeller Library），常在其中流連。原來二十多年前鄭敏也在這個校園。照片框是簇新的，應是文革後鄭敏獲贈的紀念品。中國開放後，鄭敏曾受聘為

美國加州大學客座教授，主講中國詩歌，在各地講學，也來
過香港。

馮至深研德國文學，尤其里爾克。鄭敏上馮至的德文課，也
深愛里爾克。西南聯大在抗戰時期，當鄭敏感受到時代苦
難，那感受也經沉澱化為靜穆的詩。〈樹〉寫得真切，但並
不悲鳴：

〈樹〉　鄭敏

我從來沒有真正聽見聲音
像我聽見樹的聲音
當它悲傷，當它憂鬱
當它鼓舞，當它多情
時的一切聲音
即使在黑暗的冬夜裏
你走過它，也應當像
走過一個失去民族自由的人民
你聽不見那封鎖在血裏的聲音嗎
當春天來到時
它的每一隻強壯的手臂裏
埋藏著千百個啼擾的嬰兒

我從來沒有真正感覺過寧靜

像我從樹的姿態裏

所感受到的那樣深

無論自那一個思想裏醒來

我的眼睛遇見它

屹立在那同一的姿態裏

在它的手臂間星斗轉移

在它的注視下細水慢慢流去

在它的胸懷裏小鳥來去

而它永遠那樣祈禱，沉思

彷彿生長在永恆寧靜的土地上

鄭敏後期的詩，有一些默想死亡與存在的作品，比馮至的詩更加逼近里爾克。《詩人與死》由十九首十四行詩組成，節奏多變，濃烈感情與哲學沉思形成張力。組詩的第一首：

是誰，是誰

是誰的有力的手指

折斷這冬日的水仙

讓白色的汁液溢出

翠綠的，蔥白的莖條？

是誰，是誰
是誰的有力的拳頭
把這典雅的古瓶砸碎

讓生命的汁液
噴出他的胸膛
水仙枯萎

新娘幻滅
是那創造生命的手掌
又將沒有唱完的歌索回。

前面寫馮至時提到，他寫《十四行集》默想生命與死亡，其中受里爾克《致奧菲亞斯十四行》組詩的影響。鄭敏創作《詩人與死》，也有聯想到里爾克《致奧菲亞斯十四行》寫一個小歌女之死。這組詩的觸發點是一九九〇年一月，她的詩友唐祈死於醫療事故。鄭敏想著，唐祈顛簸的一生折射了當代中國知識分子的共同命運。

組詩的第十首節錄裏，以「火烈鳥」比喻唐祈和自己這一代詩人：

我們都是火烈鳥

終生踩著赤色的火焰

穿過地獄，燒斷了天橋

沒有發出失去身份的呻吟

第十九首是組詩的結語，它瞪視年老與死亡，卻以坦然自由
的心靈面對：

當古老化裝成新生

遮蓋著頭上的天空

依戀著醜惡的老皮層層

畏懼新生的痛苦

今天，抽去空氣的汽球

老皮緊緊貼在我的身上

它昔日的生命已經偷偷逃走

水生的它是我的痛苦的死亡

將我尚未閉上的眼睛

投射向遠方

那裏有北極光的瑰麗

詩人，你的最後沉寂

像無聲的極光

比我們更自由地嬉戲。

樹在狂風中

上一節選錄鄭敏的小詩〈樹〉，那是抗戰期間，她在寫一個時代:「我從來沒有真正聽見聲音 / 像我聽見樹的聲音」,「即使在黑暗的冬夜裏 / 你走過它，也應當像 / 走過一個失去民族自由的人民」。時代透過她真切的默想而成詩:「我從來沒有真正感覺過寧靜 / 像我從樹的姿態裏 / 所感受到的那樣深 / 無論自那一個思想裏醒來」，對於鄭敏，個體和詩與時代融為一體，是自然而然的，但時代的洪流快要不容許這種個體聲音了。

辛笛在一九四八年寫下一首詩，也以「樹」為題。這是新中國建國前夕，辛笛比其他詩人更洞悉世情。面對時代的洪流，這是一首以「樹」明志的詩:

　〈山中所見 ── 一棵樹〉　　辛笛

　你錐形的影子遮滿了圓圓的井口
　你獨立，承受各方的風向

你在宇宙的安置中生長

因了月光的點染，你最美也不孤單

風霜鍛煉你，雨露潤澤你，

季節交替著，你一年就那麼添了一輪

不管有意無情，你默默無言

聽夏蟬噪，秋蟲鳴

在風捲雲飛的時代，詩人如何自處？前面提及，辛笛自動離開了金城銀行的職位，婉謝文藝和教學工作，申請到地方工業部門去當一名文書。「大隱隱於市」，這也是傳統中國讀書人的逆境自處方法。辛笛未能倖免於後來的文革風暴，但命運沒有像穆旦等詩人那般坎坷。

李廣田自從西南聯大時期已經擱下詩筆，轉寫散文和文藝評論。到一九五七年，整風運動刮起，他寫了一首詩，也是以一棵樹作為比喻，但這時已經再無借詩句明志的空間，李廣田的「樹」，是逼於形勢，自我批判的脫皮的樹：

〈一棵樹〉（節錄）　　李廣田

我受大地和太陽的哺育，

我在風雨裏鍛煉自己的身體。

……

我必須每年落一些葉，

也必須不斷地脫一些皮。

……

我不知道甚麼時候可以休止，

因為我自己並不屬於我自己。

這首詩雖是為政治表態而作，但也透著一絲實感，或者是另一種「樹欲靜而風不息」的心情。李廣田在一九五七年擔任雲南大學校長，此時期還未受正面的政治衝擊，他在一九五九年被打成右派，降級為副校長，一九六二年還一度得到平反。

「文化大革命」到來，悲慘命運終於降臨。一九六六年文革開始，北京的中學生紅衛兵在「大串連」中來到了昆明。李廣田很快遭到暴力鬥爭。一九六八年，李廣田被關押在學校裏。在文革，「作家」與「大學校長」兩個身份被稱為「雙料貨」，他一身兼有兩條原罪。

李廣田的最大罪狀，竟然也是與詩有關。五十年代，一組雲南作家採集整理彝族民間故事，整理成敍事長詩《阿詩瑪》，

這是以雲南「石林」為背景的愛情故事，還拍成了電影。電影上映前，原來的長詩整理者公劉等人被劃成「右派」，因為李廣田當時是雲南大學校長，還有一定地位，電影《阿詩瑪》就借用了李廣田的名字，作為「文學顧問」。文革到來，電影《阿詩瑪》是「反黨反社會主義反毛澤東思想的大毒草」，李廣田便又添加了一條重罪。

一九六八年十一月初，李廣田的屍體在昆明北門外一個叫作「蓮花池」的水塘中被發現，當局宣佈為自殺。李廣田的妻女不相信，因為屍體被發現時頭上腳下直立在水池中，後腦有重擊傷痕。

人民的「白色花」

一九七六年「文化大革命」結束，到一九八一年，新詩迎接一個復甦年份。我對一九八一年有特別的感覺。一九七七年我在布朗大學上醫學院，一九八一年畢業。上醫學院那一年我還有寫詩、讀詩，也沾文學和一點唐君毅、牟宗三等「新儒家」的哲學，因為向《明報月刊》投稿認識了主編胡菊人，像是半個文藝青年，然後被泛濫的醫學院功課淹沒，沒有餘力隔海思考中國了。一九八一年，望見畢業的日子，我在掙扎回港抑或是留美。回頭看，那是在感應著「文革」結束後解放中的時代，對身份認同感到矛盾。

內地的新詩在一九八一年復甦時，我自顧不暇，對那些發展一無所知，現在才細看，彷彿走進時光隧道。

前面述說了，《九葉集》在一九八一年出版，因而有了「九葉詩人」和「九葉詩派」的說法（儘管九葉詩人之一鄭敏對流派歸類不以為然）。

同年，還有另一批詩人結集出版詩集，令年輕一代的讀者驚嘆「九葉」之外，原來歷史上還有這樣一批詩人。這是被稱為「七月詩派」的二十人詩集《白色花》，一時間「七月詩派」成為話題。

與「九葉詩派」的籠統後加標籤相反，「七月詩派」在抗戰時已經是一個自覺的詩人群體，決志以創作奉獻時代。後來的詩史論者如箏甚至給它下了嚴謹的「定義」：

> 七月詩派，是在艾青的影響下，以理論家兼詩
> 人胡風為中心，以《七月》及以後的《希望》、
> 《詩墾地》、《詩創作》、《泥土》、《呼吸》
> 等雜誌為基本陣地而形成的青年詩人群，其主
> 要代表詩人有魯藜、冀汸、阿壠、曾卓、蘆甸、
> 孫鈿、方然、牛漢等人，他們以提倡革命現實
> 主義和自由詩體為主要旗幟，以重慶、成都兩
> 地為主要活動中心，其作品多收在胡風主編的
> 《七月詩叢》、《七月新叢》、《七月文叢》
> 等叢書之中，在抗日戰爭和解放戰爭時期的國
> 統區詩歌創作之中產生了巨大的影響。

我不大願意順著這些資料寫下去。因為順著寫下去，以下一

萬字都要用於講述新詩的派別歷史和相關的詩論爭辯。特別是四十年代，「七月」諸人猛烈攻擊刊登「九葉」詩人作品的兩份刊物——《詩創造》及《中國新詩》。論爭並不是沒有價值，但經過文革殘酷的磨洗，回頭看時，大家殊途同歸，都是政治鬥爭中犧牲掉的濺血羔羊。

胡風（張光人，1902-1985）是魯迅的弟子，曾經幫助魯迅打過很多筆仗。他與「七月」諸人承繼了魯迅文學的強烈個性，堅信文學要以人格和血肉、情感滲透作品，要融合主體生命與人民大生命。他們不屑「九葉」，譏誚他們雕琢詩情，是才子佳人的呻喚低吟；「七月」派以為自己站在「人民」這一邊，以為憑著激情創作，可以解決謳唱時代如何墮入政治陳腔濫調的難題。新中國初期，他們還熱情地推動對文學創作的主張，但是到了一九五五年五月十三日，天地忽然變色。《人民日報》全版發表戰鬥文章，祭出「胡風反黨集團」罪名。隨後數周，胡風和他的妻子、「七月」詩人阿壠、牛漢、綠原，小說家路翎等人，連同當時的上海市宣傳部長統統被捕。緊接就是持續一年的全國性肅反運動，「胡風案」波及上萬人。

在這些資料背景下，我讀到阿壠（陳守梅，又名陳亦門，1907-1967）一首小詩〈無題〉。《白色花》的書名，就來

自阿壟這首小詩末段。

〈無題〉　阿壟

不要踏著露水——
因為有過人夜哭。

哦，我底人啊，我記得極清楚，
在白魚燭光裏為你讀過《雅歌》。

但是不要這樣為我禱告，不要！
我無罪，我會赤裸著你這身體去見上帝……

但是不要計算星和星間的空間吧。
不要用光年；用萬有引力，用相照的光。

要開作一枝白色花——
因為我要這樣宣告，我們無罪，然後我們凋謝。

一九四四年九月九日，蝸居

這首詩寫於一九四四年，阿壟卻像是預知了十一年後「胡風

集團」冤案的下場！

《白色花》詩集的兩位編者是牛漢（史成漢，1923-2013）和綠原（劉仁甫，1922-2009），但構思詩集的其實另有其人：劉嵐山。劉嵐山是人民文學出版社詩歌組組長，他提出這個出版選題時，雖然文革已結束，但「胡風集團」案尚未平反。劉嵐山的想法是要為該案受傷詩人出本合集，與久違的讀者見面。之前也是他率先提議組編《艾青詩選》，那時艾青的「右派問題」尚未解決，但也可見劉嵐山的眼光和勇氣。

血性男兒

阿壠讓我想起穆旦。以「流派」分，一個屬於「七月」，一個屬於「九葉」，其人其詩和生命都充滿男兒血性。穆旦放棄在西南聯大的教席，參加中國國民黨緬甸遠征軍，險死還生；阿壠更是身為國民黨戰術教官而為共產黨從事地下工作。

阿壠是國民黨中央軍校第十期畢業生，參加過淞滬抗戰，是正規軍人。一九三九年到延安，在抗日軍政大學學習。一九四八年，他化名進入國民黨陸軍大學研究院任研究員，歷任國民黨參謀學校中校、上校戰術教官。他的工作受到監視，但仍然通過胡風向共產黨地下黨組織提供情報。我猜想，他是在到延安之後，開始為共產黨從事地下工作的。這可以解釋，為何早在一九四四年，他已預見有一天會受審，要自我宣告無罪然後凋謝。

這也讓我們可以想像，他一九四六年寫下〈孤島〉這一首詩，那種心情。那年阿壠在成都主編雜誌《呼吸》，遭受過國民

黨當局通緝。〈孤島〉這首詩採用散文化的輓歌形式，複句的寫法讓人反覆吟誦。詩的起首數句也像〈無題〉那樣，驚人地有如預見未來，彷彿是日後身在臺灣與大陸一水相隔的情景：

〈孤島〉（節錄）　阿壠

在掀騰的海波之中，我是小小的孤島，如同其他的孤島
在晴麗的天氣，我能夠清楚地望見大陸邊岸的遠景

詩的後半闋：

我，是小小的孤島，然而和大陸一樣
我有喬木和灌木，你的喬木和灌木
我有小小的麥田和疏疏的村落，你的麥田和村落
我有飛來的候鳥和鳴鳥，從你那兒帶著消息飛來
我有如珠的繁星的夜，和你共同在裏面睡眠的繁星的夜

我有如橋的七色的虹霓，橫跨你我之間的虹霓

我，似乎是一個棄兒然而不是

似乎是一個浪子然而不是

海面的波濤囂然地隔斷了我們，為了隔斷我們

迷惘的海霧黯澹地隔斷了我們，想使你以為喪

失了我而我以為喪失了你

然而在海流最深之處，我和你永遠聯結而屬一

體，連斷層地震也無力使你我分離

如同其他的孤島，我是小小的孤島，你的兒子，

你的兄弟

五十年代初，阿壠在新中國議論文藝，反對文藝作品政治概念化，反對除工農兵以外不能寫的主流論調，惹來《人民日報》猛烈攻擊。在隨後的思想改造和文藝整風運動中，他不斷遭到批判。一九五五年五月，阿壠終於以「胡風反革命集團骨幹分子」和「反動軍官」的罪名被捕入獄，秘密關押。

「罪證」是一封阿壠在一九四六年七月十五日從成都寫給胡風的私信。在信中，阿壠隱晦地說，「至於大局，這裏一切充滿了樂觀，那麼，也告訴你樂觀一下。三個月可以擊破主力，一年肅清……一不做，二不休，是膿，總要排出！」從以地下工作的脈絡閱讀，這是預告國民黨潰敗和共產黨勝

利，但在一九五五年六月八日，毛澤東讀到這封信後，作出相反的解讀，為政治鬥爭需要，他致信指示中宣部部長陸定一：「我以為應當藉此機會，做一點文章進去。」

兩天後，《人民日報》刊出阿壠給胡風的信，並下編者按語，痛斥阿壠「認為中國人民解放軍的『主力』『三個月可以擊破』……把人民革命力量看做是『膿』，認為『總要排出』，並認為進攻人民革命力量必須堅決徹底，『一不做二不休』！」

其實早在辦案初期，公安部門已查明阿壠無辜，周恩來也對把阿壠定為「國民黨特務」提出異議，但最終未能改變他的命運。一九六六年二月，被監禁了十年後，阿壠才正式在法庭受審。十年間，他堅拒在「原則」上「低頭認罪」，被審訊者認為「態度極端惡劣」。這次在審判中他不再自辯，判決有期徒刑十二年。當法官說「被告如對判決不服，可於 × 日內提出上訴」，法庭一片死寂，阿壠的聲音很鎮定：「我放棄上訴，一切事情都由我負責，與任何人無關。」

然後「文化大革命」爆發，阿壠在獄中患了骨髓結核病，每天忍著巨大的病痛，面壁而坐。他感到自己將不久於人世，寫下了一封遺書。一九六七年三月二十一日，他死在獄中。

遺書以陳亦門署名，兩千多字，形式是一封長信，受信人為「審訊員，並請轉達」。轉達給誰？信中沒有具體的機構或人名。遺書有這兩段：

人是並不厲害的，事實才是真正厲害的。因為，事實有自己的客觀邏輯，事實本身就會向世界說話。因為，事實本身是歷史的客觀存在，它不以人們的意志為轉移，──哪怕是一個一時巧於利用了它的人的意志，對它，到最後也是全然無力的，枉然的。歷史就是這樣告訴我們的。馬克思主義就是這樣告訴我們的。……

謊話的壽命是不長的。一個政黨，一向人民說謊，在道義上它就自己崩潰了。並且，欺騙這類錯誤，會發展起來，會積累起來，從數量的變化到品質的變化，從漸變到突變，通過辯證法，搬起石頭打自己的腳，自我否定。它自己將承擔自己所造成的歷史後果。要逃避這個命運是不可能的。正像想掩蓋事實真相也是不可能的一樣。

歌濃如酒，人淡如菊

劉嵐山構思出版《白色花》，想法是為捲入胡風案的受難者選輯詩作，成書作為紀念，但胡風案長達二十五年，錯綜複雜，如何聯絡相關作者？正好牛漢和綠原這時在出版社工作，兩人都是「胡風分子」，由他倆擔當責任編輯，便順理成章了。綠原為書作序，末段說：「作者們願意借用『白色花』這個素淨的名稱，來紀念過去的一段遭遇：我們曾經為詩而受難，然而我們無罪！」

綠原是詩人和翻譯家，早年他在重慶的復旦大學外文系修讀英文，詩才已被胡風發掘，為他選輯出版多本詩集。綠原一生視胡風為導師，常向他求教。在胡風案，他被「隔離」七年，進過秦城監獄，被定為二十三名「胡風骨幹分子」之一，並扣上「中美合作所特務」的帽子。在監禁中，綠原自學德語六年，出獄後從事編輯工作，翻譯大量德語文學作品。

綠原的詩有基督教的情懷，這在他那一代是少有的。一九七〇年還是文革高潮，他有一首詩題為〈重讀《聖經》──「牛

棚」詩抄第 n 篇〉，寫自己被抄家，剩下一本《聖經》。節錄其中數段：

大衛血戰到底，仍然充滿人性：
《詩篇》的作者不愧是人中之鷹；
所羅門畢竟比常人聰明，
可惜到頭來難免老年癡呆症。

但我更愛赤腳的拿撒勒人：
他憂鬱，他悲傷，他有顆赤子之心：
他撫慰，他援助一切流淚者，
他寬恕、他拯救一切痛苦的靈魂。

……

可誰記得那個千古的啞謎，
他臨刑前一句低沉的呻吟：
「我的主啊，你為甚麼拋棄了我？
為甚麼對我的祈禱充耳不聞？」

……

今天，耶穌不只釘一回十字架，
今天，彼拉多決不會為耶穌講情，
今天，馬麗婭·馬格達蓮註定永遠蒙羞，
今天，猶大決不會想到自盡。

這時「牛棚」萬籟俱寂，
四周起伏著難友們的鼾聲。
桌上是寫不完的檢查和交待，
明天是搞不完的批判和鬥爭……

「到了這裏一切希望都要放棄。」
無論如何，人貴有一點精神。
我始終信奉無神論：
對我開恩的上帝──只能是人民。

最後兩行輕輕地自嘲也是諷刺：這個時代，「人民」變成上帝，而我仍只能堅持信奉無神論，點到即止，卻深有餘哀。

同年，有〈母親為兒子請罪──為安慰孩子們而作〉，為孩子請罪，其實也是為詩人的童心請罪。

〈母親為兒子請罪——為安慰孩子們而作〉 綠原

對不起，他錯了，他不該
為了打破人為的界限
在冰凍的窗玻璃上
畫出了一株沉吟的水仙

對不起，他錯了，他不該
為了添一點天然的色調
在萬籟俱寂時分
吹出了兩聲嫩綠色的口哨

對不起，他錯了，他不該
為了改造這心靈的寒帶
在風雪交加的聖誕夜
劃亮了一根照見天堂的火柴

對不起，他錯了，他糊塗到
在污泥和陰霾裏幻想雲彩和星星
更不懂得你們正需要
一個無光、無聲、無色的混沌

請饒恕我啊，是我有罪——
把他誕生到人間就不應該
我哪知道在這可悲的世界
他的罪證就是他的存在

一九九六年，綠原寫了一首長詩〈人淡如菊〉，送給詩人朋
友曾卓（1922-2001）。曾卓亦是胡風案受難者，失去自由
十五年之久。兩人都是人生的暮年，可堪回首？這是很好很
真摯的一首長詩，輕而不淡，悠然面對苦難人生路，並不顧
左右而言他。詩很長，不能好好展示，只能選一些我愛的章節：

〈人淡如菊〉（節錄） 綠原

2
緊緊抓住了今天
我們不過是詩人：
詩人不過是昆蟲，二者
最懂實用主義。
昆蟲有千種萬類
詩人的種類還要
多得多：讓我們兩個
且做兩個

除了自己別無同類的
會寫詩的昆蟲吧，

靠露水
活著，否則
吃自己的尾巴
活著，再不濟
吃詩活著——
我們邊寫邊吃
一首首像一顆顆
從天上掉下來的詩

3
剛聽過兩回
十面埋伏
就自以為懂得
人生的險惡和
拼搏的悲壯；

6
可記得
在八塘路上

我們一無所有
除了那顆青色的心
我們還不滿足
總想用最簡便的手法
把自己打扮得
與眾不同
才到處拾
荒──

8
我們終於重逢
不是在大海而是
在湖邊，我們終於發現
寧靜，那一陣戰慄之後的
寧靜，
……
我們不再唱
不再奔跑
不再尋找
不再講昆蟲的實用主義──
故鄉就在我們的心裏
我們流連忘返於湖邊

湖水粼粼，隱約迴響起
那支久已失落的
靈魂之鳥的歌
歌濃如酒而
人淡如菊

在劫情真

綠原與曾卓的友誼很悠長。他女兒若琴這樣記述,「詩人曾卓是父親交往了六十年的朋友,從四十年代的『詩墾地』開始,他們的友誼到老都未褪色,兩人幾乎無話不談。曾卓伯伯生前,父親為他寫過一首長詩記述他們的友誼,題名〈人淡如菊〉……曾卓伯伯離世後五年,父親還為他寫過紀念組詩《假如你還在》,深情回憶這位摯友。」

最初節錄綠原詩〈人淡如菊〉一些片段時,我沒有特別注意,它的開頭,與曾卓一首詩的開首是一樣的!

〈人淡如菊〉開首:

> 「當我年輕的時候 / 在生活的海洋中,偶爾抬頭 / 遙望六十歲,像遙望 / 一個遠在異國的港口 / ——望得見嗎?它在 / 哪裏?咳,慢說那個 / 望不見,連明天也 / 遠在天地。明天的太陽」

曾卓在劫難之後，有一首詩〈我遙望〉，頭兩節就是：

> 「當我年輕的時候 / 在生活的海洋中，偶爾抬頭
> / 遙望六十歲，像遙望 / 一個遠在異國的港口 //
> 經歷了狂風暴雨，驚濤駭浪 / 而今我到達了，有
> 時回頭 / 遙望我年輕的時候，像遙望 / 迷失在煙
> 霧中的故鄉」

我想，綠原是讀了曾卓的〈我遙望〉，心有觸動，寫下〈人
淡如菊〉與老友詩人和應。

曾卓的詩，風格直接而坦露，最普及的一首作品〈呵，有一
隻鷹……〉很能見到其人其詩情。詩寫在「大鳴大放」時期，
政治氣候有短暫的春暖：

〈呵，有一隻鷹……〉　曾卓

呵，在藍得透明的天空中
有一隻鷹在飛翔
它飛得那麼高呵
白雲緊貼著牠的翅膀

呵，俯望著閃光的彩色的大地

鷹在高空中自由地盤旋

牠的健壯的翅膀能夠飛得更遠

就有著多麼寥廓的藍天

呵，鷹，藍天的騎士

你也有你的歌麼

更高更高地飛吧，鷹

生命的歌謠唱得更響，更響

呵，有一隻鷹在高飛

懷著真正的鷹的心

牠的翅膀有時牽引著狂風暴雨

有時馱負著陽光白雲

這是一九五七年春天。「大鳴大放」的春天苦短。早在一九五五年五月，曾卓因「胡風反黨集團」案牽連被抄家，已受長年隔離審查。與不少同輩詩人一樣，曾卓在新中國初期噤聲，很少敢於抒情創作。在牢獄中，他卻詩情湧現，詩成為支撐著心靈的力量。他日後在一本詩集的「跋」〈從詩想起的……〉記述這段歷程，令人動容：

我沒有想到我又會寫起詩來，而且是在那樣的
一種境況下面。

……突然地我失去了一切，單人住在一間小房
裏。一方面是痛苦的煎熬，不知這是為甚麼因
而找不到可以支持自己的力量；對自己的前景
只能從最壞的方面著想，對自己的親人充滿了
懷念和擔憂。另一方面，是孤獨的折磨，沒有
自由，而又沒有書報（一年後才有了），甚至
沒有紙筆。對於我這樣一向無羈的性格，這比
死亡要可怕得多——這是第一次我面對最嚴重的
考驗，我搖搖晃晃地使自己勉強站住了。……
丟掉了已往（編按：以往）的一切並不值得那
樣惋惜，我還年輕，我還能在自己身上找到力
量，我將要——我一定要重新開始，我還能為人
們做一點工作。但我從哪兒開闢新的道路呢？
因為常常懷念我的孩子，我想為她們，也為像
她們一樣的孩子們做一點事情。我決定寫一本
給少年們的詩。這是一個大膽的決定，所以大
膽，不僅因為寫作是不被允許的（老實說，我沒
有認真考慮這一點），主要的是在於，我已有十
餘年不寫詩了，又遠離少年時期，而要為少年們

寫詩，特別需要一種單純、明潔、歡樂的心情，這在我當時的情況和處境中，是極難達到的。但是，既然已經決定，我就開始了。

這是一場艱苦的鬥爭，一場考驗意志的鬥爭。首先，我必須使自己超越於痛苦之上。我慢慢地發覺痛苦像海潮一樣，也有它的規律。它一清早就在心中洶湧，我用任何辦法：用理智、用勞動、用歌唱……都無法阻擋它，而到中午就達到了它的高潮，中午的寂靜在我是最可怕，最難以忍受的。下午我就平靜一些，而漸漸地能夠自持了。我回想著我的童年時代，回想著我所知道的少年們的生活，努力培養詩的心境。有時候，閃光似的，一個題材在我心中掠過，我口中默念著，進行著創作。大多時間，一無所獲，但在近兩年的時間中，我終於寫出了三十多首。說「寫」，是有一些語病的，因為沒有紙筆，大都是口念，後來有機會時才寫下的。每一首詩的寫成在我都是極大的快樂，反覆地修改，無數次地默念著，這樣幫助我度過了許多寂寞、單調的白日、黃昏和黑夜。如果沒有它們，我的生活將要痛苦、暗淡得多。我

甚至不能想像怎樣能夠沒有它們。

《白色花》兩個編輯牛漢和綠原都被歸入「七月」詩人,綠原寫下〈人淡如菊〉與曾卓和應;牛漢也有一首詩,雖然並未明言,但同樣是向曾卓寄意。這首詩很短,很真,語言洗煉,情誼不絕。

〈改不掉的習慣〉 牛漢

聶魯達[1] 傷心地講過
有一個多年遭難的詩人
改不了許多悲傷的習慣——

出門時
常常忘記帶鑰匙
多少年
他沒有自己的門
睡覺時
常常忘記關燈

1　聶魯達(Pablo Neruda,1904-1973),智利當代詩人。聶魯達的一生有兩個主題,一個是政治,另一個是愛情。聶魯達一生中到過中國三次。一九二八年他作為外交官赴緬甸上任時,來中國給宋慶齡頒發列寧國際和平獎,此行中並與茅盾、丁玲、艾青等人交流。當他得知自己的中文譯名中的「聶」字是由三隻耳朵組成,就說:「我有三隻耳朵,第三隻耳朵專門用來傾聽大海的聲音。」

多少年他沒有摸過開關
夜裏總睡在燥熱的燈光下

遇到朋友
常常想不到伸出自己的手
多少年
他沒有握過別人的手
他想寫的詩
總忘記寫在稿紙上
多少年來他沒有紙沒有筆
每一行詩
只默默地
刻記在心裏

我認識這個詩人

孑然一身

本書第二部分寫完「九葉」詩人、「七月派」詩人，可以小結，但是我想提早寫應該屬於下一部分的一個詩人，柳木下（1914-1998）。

「九葉」詩人、「七月派」詩人對中國新詩的想法截然不同，共通的是，在大時代底下，兩派詩人各自走忠於自己的路，到頭來就同在新時代接受批判。他們都有經過劫難、依然相濡以沫的友人，如果捱得過文革，有些更幸運地重燃了詩的生命。辛笛、陳敬容、鄭敏和綠原等，後來都寫出很好的詩。

但也有另一種詩人，很有才情，在時代中顛沛流離潦倒，孑然一身。柳木下是這樣孑然一身的一個。他寫詩三十多年，只留下薄薄一冊《海天集》（一九五七年在香港出版）。他在後記中說：「這些詩，其中有大部分都是在寓居香港時寫的，而香港的碧海和青空，在某一個時期，曾經是我的寂寞的伴侶，故姑名之為《海天集》，聊以紀念香港，及個人生活上的若干遭遇。」

寫於一九三八年的一首情詩，就以「海和天」為題：

〈海和天〉　柳木下

我問你：
遠處的天邊像甚麼？
你搖搖頭。

我說：那是海，那是天，
天和海在那裏親嘴了。
你笑了，羞澀地。

有趣的想像成為清新的小小情詩。在戰時，這自然不入主流
之眼。在一九三七至一九三八年間，柳木下參與黃魯和鷗外
鷗等在廣州組成的「少壯詩人會」，出版《詩群眾》詩刊，
創刊號有〈少壯詩人宣言〉，被主流的詩壇批評他們的詩脫
離抗戰的需要：「我們的英勇的抗戰，壯烈的犧牲，竟與這
些詩人們似乎沒有多少關係。」

有點諷刺的是，柳木下並非「才子佳人」類的詩人，自己就
在社會的底層。一九三六年一月《紅豆》（詩專號）發表《木
下詩抄》，其中有〈我，大衣〉，柳木下在上海寒風中幻想

與櫥窗內的大衣親近對話：

〈我，大衣〉　柳木下

天下雪哪
玻璃這樣冷

隔著一層玻璃
我望著大衣
大衣也望著我

沒有體溫你冷嗎　我說
沒有大衣你冷嗎　大衣說

隔著一層玻璃
我戀著大衣
大衣也戀著我

大衣是為甚麼而製的？　我想
大衣是為甚麼而製的？　大衣想。
天下雪哪
雪花飛來和我嬉戲

我走過去 走向北四川橋

想著 大衣是為甚麼而製的？

《紅豆》是香港抗戰爆發前最後的一份文學刊物，主編梁之盤是日後香港特別行政區第一任律政司司長梁愛詩的父親。《紅豆》出版了四卷六期，一九三七年宣佈停刊的啟事，說：「登記手續發生問題，不得不遵照香港出版條例由本期起暫行停刊。」言外之意，是當局不給辦理登記。

柳木下一九三六年從上海復旦大學畢業，曾到日本留學。一九三七至一九四〇年間居港，他在一九四〇年因自殘入住香港的高街病院，出院後返回梅縣鄉下，翌年到上海工作，一九四八年再度來港。他在香港的下半生極為窮困。「香港文化資料庫」收錄司徒華、許定銘等人對中年柳木下的印象：

「柳木下是我遇到過最潦倒的詩人，每次讀他的詩，詩人傴僂著背，提著小布包，蹣跚離去的背影，總勾起我陣陣心酸。」──許定銘

「六十年代初，我在朋友家，遇上這位詩人。他約五十多歲，大抵那時我年輕，便覺得他已是一位老人。個子矮矮，神態頹乏，穿著一套

陳舊、骯髒、滿是皺紋的西裝，沒有結領帶。拿著一個重甸甸的包袱，也許那包袱是一塊白布，顯得比他的西裝更陳舊、骯髒、更多皺紋。」

「他坐定了，喝過茶，打開包袱，裏面全是舊書。揀出三本，介紹說：這是某英國作家的童話集，已絕版多時，未有中譯本。隨著說了價錢，並聲明假如是賣給別人，要貴得多。朋友是個兒童文學工作者，默默地選了一本，付了錢。」

「……朋友問：近來有甚麼新作？他簡直像變了另一個人，放出明亮懾人的目光，說：有的！有的！接著背出一首不長不短的新詩。我聽著，覺得的確頗有詩意，至今還記得，其中的一句有『七寶樓台』這樣的詞語。朋友笑了起來，問：發表了沒有？他答：副刊已不大登詩作了，而且按行計稿費，稿費很少，索性留著自己欣賞和背給朋友們欣賞。『寶刀只賣給識貨的！』他自豪地說。」──司徒華

無論大時代有多麼巨大，詩人不一定能當戰士，人生流離也

是詩。柳木下早年有小詩，寫鄉鎮渡頭，短短七行，有動人的深情：

《渡頭》（其二）　　柳木下

船篙拔起，
親人就得分離，
願你們去，
我留守在這裏。

竹林，桑野，
阡陌，人居，
我們的愛，深藏在土裏。

一九五四年寫於香港的一首，延續了《渡頭》的別離詩意，更添一絲人文悲憫：

〈渡海碼頭一瞥〉　　柳木下

愛者在等待他的愛侶，
母親在惦念她的嬰孩，
他們都用沉默來鞭策駑鈍的時間，

或是舉目眺望，或是抽著烟捲。
俄而渡輪靠岸了，
碼頭發出一陣劇烈的震動，
於是候船的人感到一陣輕快，
彷彿果樹落下纍纍的果實。

啊，是誰的意旨？
使這些來自四方的人暫時聚集在這裏。
待到了彼岸，
他們裏面有些人也許就永遠分離，
永遠不能再有這樣的機遇，
雖然對於這個不再的機緣，
他們還是不覺不知。

第二部分寫到柳木下，時空延伸至一九四九後的香港了。與
上一部分的結尾一樣，歇息之前，點算一下這部分引錄過的
詩（全首或部分），共二十五首。

【第二部分】選錄的詩：

陳敬容　　　〈山和海〉
　　　　　　《詩六首》之二〈寫在水上〉
　　　　　　《詩六首》之五〈致白丁香〉
　　　　　　〈斷章〉
　　　　　　〈假如你走來〉
　　　　　　〈創造〉
　　　　　　〈雨後〉

鄭敏　　　　〈我從來沒有見過你〉
　　　　　　〈永久的愛〉
　　　　　　〈樹〉
　　　　　　《詩人與死》

辛笛　　　　〈山中所見──一棵樹〉

李廣田　　　〈一棵樹〉

阿壠　　　　〈無題〉
　　　　　　〈孤島〉

綠原　　　　〈重讀《聖經》──「牛棚」詩
　　　　　　抄第 n 篇〉
　　　　　　〈母親為兒子請罪──為安慰孩子
　　　　　　們而作〉
　　　　　　〈人淡如菊〉

曾卓	〈我遙望〉
	〈呵，有一隻鷹……〉
牛漢	〈改不掉的習慣〉
柳木下	〈海和天〉
	〈我，大衣〉
	《渡頭》（其二）
	〈渡海碼頭一瞥〉

第三部分

散聚有時，
寫詩有時

蔡炎培，詩有靈　倖存者言　北島詩，孤獨凝煉　從地下到《今天》　遲讀也斯

臺灣詩壇火氣，紀弦　新詩，雜亂香港　電車，教堂　認真實驗　西西詩，遊戲與生活

敬／徊列米　沒由來的心緒　先鋒温健騮　幾種鄉愁：余光中　幾種鄉愁：瘂弦　幾種鄉愁：洛夫

田田漾漾　望里寧安　〈詩畫呂壽〉葡語　阮ㄐ青｜斑

〈茶〉　（節錄）　也斯

手只獨自舉起
杯中的影子晃動
茶香中總有苦澀呢
杯底的茉莉瓣
或聚或散成圖

做一個列表

不計算收集資料，這本書是在二〇一六年六月初動筆的，至十月底寫完第二部分。然後我想，應該有個列表，把兩岸三地的詩人按出生年份排列一下，方便讀者。

以地區分類現代詩人有點困難：例如北島，他不是一般意義的「內地詩人」，我寫這書的時候，他居於香港，是香港中文大學文學院榮譽教授。他一度旅居七個國家，他可能視自己為世界的詩人。「香港詩人」之中，不少是戰後一代，很多來自內地，例如馬朗。葉維廉生於香港，但很早去了臺灣，落地生根。

列表是粗略的，但也有用。例如這樣一排序，我才注意到原來柳木下屬於辛笛那一輩的詩人。

列表更是很不齊全的。從一九一一年做起，就略去了民國以前出生的詩人：冰心、戴望舒、馮至、卞之琳和艾青等。列表往下止於一九五五出生的詩人，這有甚麼道理可言？

一九一一年是我父親的出生年份，一九五五年是我的出生年份。列表內這些詩人，年紀就在父親和我之間。

有些詩人放進了列表，但在本書的敘事中未有談及其人其詩，例如木心、楊牧、席慕容和舒婷等。總而言之，只是讓讀者一目了然地感覺一下誰與誰是同代人。列表中共有四十三位詩人，在執筆時有十八人已經去世。

一九一一至一九五五年期間出生的四十三位詩人列表：

出生年	中國大陸	臺灣	香港
1911			鷗外鷗 （1911-1995）、 李育中 （1911-2013）
1912	辛笛 （1912-2004）	覃子豪 （1912-1963）	
1913		紀弦 （1913-2013）	
1914			柳木下 （1914-1998）
1917	陳敬容 （1917-1989）		
1918	穆旦 （1918-1977）		

1920	鄭敏		
1921		周夢蝶 （1921-2014）	舒巷城 （1921-1999）
1922	曾卓 （1922-2002）、 綠原 （1922-2009）		
1923			
1924		林亨泰	
1927	木心 （1927-2011）		
1928		余光中、洛夫、羅 門（1928-2017）	
1929			
1930		商禽 （1930-2010）	
1931		張默	
1932		瘂弦	
1933			馬朗（馬博良） （？）
1935			崑南、蔡炎培
1936			王無邪
1937		白荻	葉維廉
1938			西西
1940		楊牧	

1943		席慕容	
1944			溫健騮 （1944-1976）
1948	食指（郭路生）		李國威 （1948- 1993）
1949	北島	蘇紹連	也斯 （1949-2013）、 飲江
1950	芒克		
1951	多多		
1952	舒婷		
1954	于堅		
1955	王小妮、翟永明		

沒由來的心緒

做列表理應完全不涉情緒的，做到一半，卻忽然想起我的大姊。大姊是二〇一〇年去世的。她不是詩人，但愛讀文學，唸詩詞過目成誦。

我想起，她去世的半年前，精神還好，有一回我們散步，談著一點宗教生死觀，不知如何，我說到自己喜歡李商隱的〈夜雨寄北〉：「君問歸期未有期，巴山夜雨漲秋池。何當共剪西窗燭，卻話巴山夜雨時。」生死也是隔別。

列表做好時，已近午夜，沒由來地觸動的心緒仍然像泉湧。

心緒不寧中，翻開關於大姊喪事的電腦檔案，翻出一首小詩來。原詩是英文，大妹寫的，我意譯為中文。我們姊妹兄弟共八人，大姊有一子，和七個弟妹。早年爸媽謀生不易，大姊二姊照顧弟妹如兼母職，大妹這首詩的取意在此。

〈**On Raising Children**〉　　**Terry Au**

You have raised not one, but eight.
Eight little ones sharing half of your DNAs
And many of your days;
Looking up to you,
And loving you.

We are who we are
Because of you;
We will be who we'll be
Also because of you.

〈養育〉

大姊，你養育一個孩子
之外還有七個
八個都帶有你一半的基因
還有你豐足的一生
依仗你
愛你

我們是誰
要不是有你
我們是誰
我們會是誰

有文字素養的姐夫說，第二節譯得太濃了。我看也是，不過
那一刻的情緒就是痛。

姐夫改譯了，平和溫文：

我們有今日，
因為有你；
也因為有你，
我們有明天。

心緒平復時，我意識到：這書原來是與大姊有關的。就正如
我在寫作上一本書《醫院筆記：時代與人》的時候，總是沒
由來地感覺著，那本書是與爸爸有關的。

無論是二〇一五年寫《醫院筆記：時代與人》，還是二〇〇
二年寫《當中醫遇上西醫》，下筆總是追求條理分明；這本
書也不例外，直至這一晚。這種狀態難以名狀，有點近乎詩
質吧。

先寫溫健騮

上面記述一段心緒與本書的主題無關，卻改變了我在以下第三部分的寫法。我決定跳過三十年代出生的詩人，先寫溫健騮（1944-1976）。

我在中學時代最先從大姊聽到溫健騮的名字，覺得特別，就嵌在記憶了。原來他是姐夫在臺灣唸書時的香港同學。我一直不知道他是詩人，來到準備書寫一九四九年之後的新詩，找資料時讀到李瑞騰〈論溫健騮離港赴美以前的詩〉，才認識其人其詩。

溫健騮五歲從內地來港，在香港長大，一九六四年臺灣政治大學外交系畢業。一九六八年參加美國愛荷華大學的國際寫作計劃，一九七二年到康乃爾大學攻讀博士學位，不久因病返港，三十二歲年輕早逝。

他的詩齡只有十年，遺留詩作卻有一百六十首，包括《苦綠集》。《苦綠集》內的詩多見青年詩人苦思人生，獨自承受

著時間與時代的壓迫感。其中一首痛切，孤獨但不失精神：

〈力〉　溫健騮

風起時，繞天匝地的悲涼
把你裹著。孤獨是一種錘煉
你想，一若火的燃燒

或冰的凝固。行走在七月
常欲穿越這時間的拱門
到下一世紀——

到那時，不知這風，
這孤獨，這悲涼可仍認得
你就是那人——一雙
在風衣袋裏的手
要狠狠把寂寞捏碎

據說，詩集本來要命名為「待綠集」，但他覺得「苦」較符
合自己那年輕時期的特性。

在愛荷華，溫健騮就是以英文詩集《苦綠集》獲得文學碩士

學位，中文版的《苦綠集》是日後才出版的。他去世後，友人古蒼梧、黃繼持著手合編《溫健騮卷》，一九八七年出版（香港三聯），分詩、文二輯，詩輯包含《苦綠集》的詩。

李瑞騰感嘆，「從大陸到香港，從香港到臺灣、美國，溫健騮的香港心、中國情，乃至對現代主義的批判等，均反映在《溫健騮卷》中。可以這麼說，幸好有好友辛苦為他編定詩文集，否則香港人可能已經忘記六、七〇年代曾有一位熱血的年輕詩人，臺灣人可能無法了解曾留學臺灣的一位『香港僑生』溫健騮其實對臺灣很有意見，大陸學者可能不會把溫健騮寫進香港文學史的有關著作了。」

臺北允晨文化公司將《溫健騮卷》的「詩輯」別出一冊「苦綠集」，余光中寫序〈征途未半念驊騮——讀溫健騮的詩集〉。余光中不輕易嘉許年輕詩人，但十分讚賞溫健騮這一首詩：

〈我愛〉　溫健騮

我愛這人世，這宇宙
愛美的宇宙：
我愛風，那浪遊的風

愛雲，那飄忽的雲
我愛那恆常的日昇月沉
我愛春花在雨中綻放
只要我不必住在安置區——
一邊勞動一邊咳嗽

詩的大半部分筆觸柔膩，最後兩句是詩眼。余光中評點說，此詩「一路讀來，甚有新月派的甜味」，正當讀者受抒情色彩感染，末兩行陡然逆轉，余光中擊節讚賞，說詩的收筆真有「千鈞之勢」。

溫健騮早年的詩本來有點唯美絢麗，留美後思想左傾，才有這樣悲民眾之苦的作品，此詩也諷刺了那些追求唯美的詩人。他的轉變似乎源於赴美以後，受到保衛釣魚台運動的衝擊。一九六八至一九七二年更是中國大陸狂熱文革的年代，海外學生熱情狂飆，國事討論不絕，寫實文學的潮流席捲一切。我在一九七四年留學美國時，還沾到一絲國事討論的餘熱。

在美國，他的詩風與主題改變了，不變的是對生命的熱情。

我喜歡一首他留美時寫的小詩，只十一行，輕輕反戰但不止

於反戰，很是耐讀：

〈和一個越戰美軍的對話〉　溫健騮

他把一塊石頭給我看。
我說：「這是石頭。」
他說：「石頭。」
他把一截喬木的枝椏給我看。
我說：「這是樹枝。」
他說：「樹枝。」
他把一杯鮮紅的血給我看。
我說：「這是鮮血。」
他說：「顏色。」
我說：「這是鮮血。」
他說：「顏色。」

詩人蘇紹連點評：「苦澀的辯證語言底層下，呈現戰爭的茫然和麻木，美軍看血只是顏色，而反戰者看血是血，這是極為不同的人性。」

溫健騮一九七四年由美返港，情緒昂揚地對文學友人聶華苓說，很高興回到了香港，因為「可做的事太多了」。回港到

去世，只有匆匆兩年。他先後在今日世界出版社和時代生活出版社當編輯，短暫在香港大學中文系任教，一九七五年與雕刻家文樓等創辦《文學與美術》雙月刊。

幾種鄉愁：余光中

蘇紹連說，溫健騮在臺期間的創作，早期詩風頗受余光中作品影響。

溫健騮早期以穠麗文字盛載中國情懷，確有余光中的氣味，但他的詩情與余光中完全不同。年輕的他有如被困在時間中，在存在的苦悶中逼切拷問生命意義，有點像參加征緬軍時的穆旦。

余光中的詩藝很能吸引年輕人，但是我覺得迷人的節奏感和巧妙詞藻亦只是表面。他似乎是選擇了輕輕地寫，有紀律地節制著強烈的感情。

他被譽為「鄉愁詩人」，也樂於接受這個稱號。他的鄉愁詩作讀來並不太傷感憂愁，其中有江南氤氳，倒像是療癒的香薰。〈鄉愁〉是名作，寫於一九七二年，詩人四十四歲。

〈鄉愁〉 余光中

小時候
鄉愁是一枚小小的郵票
我在這頭
母親在那頭

長大後
鄉愁是一張窄窄的船票
我在這頭
新娘在那頭

後來啊
鄉愁是一方矮矮的墳墓
我在外頭
母親在裏頭

而現在
鄉愁是一灣淺淺的海峽
我在這頭
大陸在那頭

在詩集《萬聖節》（寫於一九五八年赴美以後）的後記他這樣寫道：「據說懷鄉病是一種絕症，無藥可解，除了還鄉。」

〈鄉愁〉發表二十年後，余光中還鄉了，應中國社會科學院外文研究所邀請赴北京講學，回到闊別四十三年的大陸。他對記者說，「我寫了好多鄉愁的詩，包括那首大家熟悉的〈鄉愁〉。我到了大陸很多地方，發現好多人都會背，感到非常意外，也非常高興，更是非常感動。我沒有想到，我人還沒回去，詩先回去了。」

余光中的〈鄉愁〉最初是聽著 Bob Dylon 的名曲 "Blowin' in the wind" 寫成的。執筆寫此一部分前，瑞典文學院剛宣佈二〇一六年諾貝爾文學獎頒給 Bob Dylon，惹起爭議。香港詩人崑南直指諾貝爾文學獎由歌手奪得是錯誤。余光中並不覺得流行歌謠配不起詩。

詩人說：「一九七二年，我第三次去美國之後回臺灣。那個時候大陸的『文革』還沒有結束，我在臺灣有一種絕望的感覺，有生之年會不會回到大陸渺茫得很。另外一方面呢，因為我聽鮑勃·迪倫的歌，他有個疊句說，The answer, my friend, is blowin' in the wind, the answer is (blowin') in the wind.（我的朋友，答案飄零在風中，答案飄在茫茫的風中）所以

我覺得很渺茫，我能不能回大陸，我能不能回故鄉。所以是在這種壓力之下寫的〈鄉愁〉。」

詩在二十分鐘就寫出來了，余光中說這不是因為才思敏捷，感覺擺在心裏二十多年，忽然有一天，碰巧句子就出來了。所謂靈感，是二十多年的情感被壓抑之後，發酵出來的。

一九七〇年余光中在美國丹佛市寫成的〈江湖上〉更直接採用 Blowin' in the wind 的疊句。詩分四節，後半闋是：

為甚麼，信總在雲上飛？
為甚麼，車票在手裏？
為甚麼，惡夢在枕頭下？
為甚麼，抱你的是大衣？
答案啊答案
在茫茫的風裏

一片大陸，算不算你的國？
一個島，算不算你的家？
一眨眼，算不算少年？
一輩子，算不算永遠？
答案啊答案
在茫茫的風裏

余光中談自己的鄉愁詩，看重一九七四年初版的詩集《白玉苦瓜》。他說「如果讀友要讀我的詩就讀《白玉苦瓜》。」〈白玉苦瓜〉一詩寫的是鄉愁，但同時也是詠物。詩人欣賞臺北故宮博物院珍藏的玉品「白玉苦瓜」，想到瓜之苦正好象徵生命的現實以及中國的苦難。

詩分三節，中間一節是要旨：

> 茫茫九州只縮成一張輿圖
> 小時候不知道將它疊起
> 一任攤開那無窮無盡
> 碩大似記憶母親，她的胸脯
> 你便向那片肥沃匍匐
> 用蒂用根所她的恩液
> 苦心的悲慈苦苦喘出
> 不幸呢還是大幸這嬰孩
> 鍾整個大陸的愛在一隻苦瓜
> 皮靴採過，馬蹄踏過
> 重噸戰車的履帶踩過
> 一絲傷痕也不曾留下

〈白玉苦瓜〉比較濃，反而不是我最喜歡的余光中鄉愁詩

作。我愛他另一首小詩〈紗帳〉，回想詩人少年時。

〈紗帳〉 余光中

小時候的仲夏夜啊
稚氣的夢全用白紗來裁縫
圓頂的羅帳輕輕地斜下來
星雲靉靉的纖洞細孔
仰望著已經有點催眠
而捕夢之網總是密得
飛不進一隻嗜血的刺客
──黑衫短劍的夜行者
只好在外面嚶嚶地怨吟
卻竦得放進月光和樹影
幾聲怯怯的蟲鳴裏
一縷禪味的蚊香
招人入夢，向幻境蜿蜒──

一睜眼
赤紅的火霞已半床

白紗蚊帳是捕夢的網，蚊子飛不進卻走進來月光和樹影。少

年詩人入夢一睜眼便是赤紅的時代。象徵與懷想渾然天成，
文字又如此美麗。

幾種鄉愁：瘂弦

瘂弦（王慧麟）一九三二年生於河南南陽，比余光中小四歲。

余光中籍貫福建泉州，但生於南京。他二十二歲赴臺，鄉愁的對象常是整個故國山河文化，很少是具體的家鄉；相反，瘂弦的鄉思總是具體而微小的。例如他記得，一九四八年，內戰的戰火燒到南陽，他隨著學校向南方流亡，帶在身邊的是一本何其芳的詩集。翌年，幾天沒吃飯的他被「一鍋肉食的誘惑」哄騙投入國民黨軍隊，輾轉隨潰敗的軍隊乘輪船渡海到臺灣。

渡海到臺灣時，瘂弦只有十七歲，但對家鄉的一切記得很細，特別記得父親在鄉間當民眾教育館的館員，常用一架放滿書架的牛車，帶書到各村去。三個人天亮便出發，一個是趕牛車的人，父親管書，瘂弦敲鑼。日後，瘂弦蒐集民間藝術品，就有各色的鑼，如戲鑼、貨鑼、童鑼和更鑼。瘂弦說鑼聲使他回到童年。

他對河南的鄉情更是異常地具體，自製了一張河南「詩人與地圖」。他在臺灣浸淫文藝界幾十年間，每知道河南出了名作家，就在地圖的相應位置上點出紅點，到日後得再回鄉時，地圖已是「滿堂紅」。

瘂弦有一首名作〈紅玉米〉，感嘆至親的太太和孩子都因為沒有自己那些記憶，不能知道他最深最細膩的懷鄉感覺。

〈紅玉米〉　　瘂弦

宣統那年的風吹著
吹著那串紅玉米

它就在屋簷下
掛著
好像整個北方
整個北方的憂鬱
都掛在那兒

猶似一些逃學的下午
雪使私塾先生的戒尺冷了
表姊的驢兒就拴在桑樹下面

猶似嗩吶吹起
道士們喃喃著
祖父的亡靈到京城去還沒有回來

猶似叫哥哥的葫蘆兒藏在棉袍裏
一點點淒涼，一點點溫暖
以及銅環滾過崗子
遙見外婆家的蕎麥田
便哭了

就是那種紅玉米
掛著，久久地
在屋簷底下
宣統那年的風吹著

你們永不懂得
那樣的紅玉米
它掛在那兒的姿態
和它的顏色
我底南方出生的女兒也不懂得
凡爾哈倫[1] 也不懂得

1　凡爾哈倫（Emile Verhaeren，1855-1919）是比利時愛國詩人，擅寫家鄉人
　　民生活之美。

猶似現在

我已老邁

在記憶的屋簷下

紅玉米掛著

一九五八年的風吹著

紅玉米掛著

翌年，瘂弦寫下另一首傑作〈鹽〉，素材仍是中國，但寫盲眼的二嬤嬤超越了現實生活感觸，感通著普遍的人間悲憫：

〈鹽〉　瘂弦

二嬤嬤壓根兒也沒見過托斯妥也夫斯基[2]。春天她只叫著一句話：鹽呀，鹽呀，給我一把鹽呀！天使們就在榆樹上歌唱。那年豌豆差不多完全沒有開花。

鹽務大臣的駱駝隊在七百里以外的海湄走著。二嬤嬤的盲瞳裏一束藻草也沒有過。她只叫著一句話：鹽呀，鹽呀，給我一把鹽呀！天使們嬉笑著把雪搖給她。

2　托斯妥也夫斯基（Dostoevsky，1821-1881），多以俄國社會底層小人物的掙扎為素材。但他不會知道中國社會底層小人物的悲慘。〈紅玉米〉詩中「凡爾哈倫也不懂得」亦有此想法，出色的西方詩人懷鄉，不能知道「我」的懷鄉。

一九一一年黨人們到了武昌。而二嬤嬤卻從吊
在榆樹上的裹腳帶上，走進了野狗的呼吸中，
禿鷲的翅膀裏；且很多聲音傷逝在風中，鹽呀，
鹽呀，給我一把鹽呀！那年豌豆差不多完全開
了白花。托斯妥也夫斯基壓根兒也沒見過二嬤
嬤。

瘂弦對人的關懷與悲憫可能比鄉愁更為深刻。有人認為他最
出色的作品是長詩〈深淵〉，可以與艾略特（T. S. Eliot）的
〈荒原〉（The Wasteland）比擬。不過這首詩寫的就不是鄉情。

我覺得他最好的詩是二十行的〈如歌的行板〉：點滴生活、
存在處境、世道時光、善惡並存，都是人生，而人生的行
旅如歌，甘苦都要──或只能──不躲不避不徐不疾地走過
去。

〈如歌的行板〉　瘂弦

溫柔之必要
肯定之必要
一點點酒和木樨花之必要
正正經經看一名女子走過之必要

君非海明威此一起碼認識之必要
歐戰，雨，加農砲，天氣與紅十字會之必要
散步之必要
溜狗之必要
薄荷茶之必要
每晚七點鐘自證券交易所彼端

草一般飄起來的謠言之必要。旋轉玻璃門
之必要。盤尼西林之必要。暗殺之必要。晚報
之必要
穿法蘭絨長褲之必要。馬票之必要
姑母遺產繼承之必要
陽臺、海、微笑之必要
懶洋洋之必要

而既被目為一條河總得繼續流下去的
世界老這樣總這樣：——
觀音在遠遠的山上
罌粟在罌粟的田裏

關於瘂弦有一個謎。他一九五三年開始寫詩，受洛夫賞識，
並於翌年加入洛夫與張默創立的「創世紀詩社」，並出版《創

世紀詩刊》，不乏出色的詩作，卻在一九六六年戛然終止寫詩。這時他只有三十四歲。不是時代逼迫，沒有外在政治原因，為甚麼？他自己在〈「被害」者〉一文以自嘲方式交代：「莫非是應了巴爾扎克那句話：『幸福殺害一切詩人？』我就是一個『被害者』。問題的關鍵在於：沒有任何的詞章能與生活甚至生命的本身相抗衡；『過一首詩』比『寫一首詩』更美麗！」

瘂弦指的是與太太張橋橋的婚姻，因為生活得像詩，詩緒就飛走了嗎？這沒有很大的說服力——〈紅玉米〉一詩就是在幸福婚姻中寫下的。

他自嘲是「一個失敗的詩人，一個成功的編輯」、「不能成為大作家，但能給大作家改文章」。自嘲之餘，卻也在《瘂弦詩集》自序中問：「我是不是還能重提詩筆，繼續追尋青年時代的夢想，繼續呼應內心深處的一種召喚，並嘗試在時間的河流裏逆泳而上呢？我不敢肯定。」

幾種鄉愁：洛夫

提攜瘂弦出道的洛夫生於一九二八年，與余光中同年，在同樣的時代背景離開大陸赴臺，隔海遙望，四十多年後才再踏足故國。余光中是文人，洛夫和張默、瘂弦都是軍人，曾長時間在國民黨軍隊服役。在臺灣詩壇，洛夫與余光中是兩個截然不同但同樣巨大的身影。二〇〇一年，兩人同被視為臺灣當代十大詩人，評選由國立臺北教育大學臺灣文學研究所和《當代詩學》合辦，投票者是曾出版詩集的臺灣詩人。在七十八張票當中，洛夫得四十九票踞首位，余光中四十八票在第二位。

二〇一四年，洛夫接受《深圳商報》記者獨家專訪，回顧自己一生的創作歷程，其中談到自己與余光中的不同：「余光中在文壇的地位很高，在詩壇就未必。他的散文寫得也很好。在一般人印象中，余光中最著名的詩就是〈鄉愁〉，我還為他打抱不平，其實他還有更好的詩。因為他的詩是民謠風格，唸起來都很順口，讀者都很喜歡。我跟余光中在大陸曾被人稱為『雙子星座』。我不在乎甚麼稱謂，我們高度、

深度和風格不一樣，他是詩歌明星，我的詩則被詩評家廣泛重視。」

洛夫這番話雖然顯得有點自重，但也頗為確切。他以巨大的生命重量注入氣魄龐大的詩作，視詩有如宗教，詩是他生命的終極關懷。

余光中在一九九二年初次回到大陸，感覺非常好。他說「對於鄉愁而言，還鄉是唯一的解藥。」洛夫在同年重臨湖南，卻說「鄉愁這個東西，有人覺得它是一種病，英文叫做homesickness。我說，鄉愁是永遠治不好的病。」

洛夫寫鄉愁的詩，最為人知的一首可能是在香港寫的〈邊界望鄉〉。一九七九年三月，洛夫訪港，余光中這時在香港中文大學，開車陪他參觀落馬洲的中港邊界。洛夫記述：「當時輕霧氤氳，望遠鏡中的故國山河隱約可見，而耳邊正響起數十年未聞的鷓鴣啼叫，聲聲扣人心弦，所謂『近鄉情怯』，大概就是我當時的心境吧。」

三十三行的〈邊界望鄉〉有名句：「一座遠山迎面飛來／把我撞成了／嚴重的內傷」，但要讀下去，白鷺從水田中驚起，飛越深圳又猛然折回來，鷓鴣啼聲才真令人震動：

而這時，鷓鴣以火發音

那冒煙的啼聲

一句句

穿透異地三月的春寒

我被燒得雙目盡赤，血脈賁張

你卻豎起外衣的領子，回頭問我

冷，還是

不冷？

詩的收筆餘音不絕：「故國的泥土，伸手可及／但我抓回來的仍是一掌冷霧」。

洛夫的詩有直視生命與死亡的痛切實感和深沉的歷史感，早年震動詩壇的六百四十行長詩〈石室之死亡〉，以層出不窮的意象寫戰爭、死亡和情慾。這是一九五九年，臺灣金門隔海與廈門砲戰，洛夫在軍隊，石室是金門前線的避砲火的坑道。〈石室之死亡〉的意象超現實，有如魔幻，完全超脫這時期臺灣的新詩主流，洛夫被稱為「詩魔」或者與之有關。這是「美譽」，但洛夫對之不置可否。我看這一類所謂「美譽」常是懶惰的標籤。

六十年代末，越戰漸入後期，洛夫奉命參加駐越軍事顧問

團，擔任英文秘書，期間發表的《西貢詩鈔》有一首小詩十
分動人：

〈清明：西貢詩抄〉　　洛夫

我們委實不便說甚麼，在四月的臉上
有淚燦爛如花
草地上，蒲公英是一個放風箏的孩子
雲就這麼吊著他走

雲吊著孩子
飛機吊著炸彈
孩子與炸彈都是不能對之發脾氣的事物
我們委實不便說甚麼的事物
清明節
大家都已習慣這麼一種遊戲
不是哭
而是泣

1967.03.29

因為心懷常有深沉的痛切感，當洛夫晚年踏足故國，念歷史

之悠悠，就感到驚心動魄，四顧茫然，這與其他同代詩人的還鄉心情迥然有別，例如瘂弦返河南，就歡快地沐浴在鄉里情之中。

與余光中相反，重返中國內地並不療癒鄉愁。一九八九年六月中國內地發生天安門事件，洛夫寫下〈城市悲風〉（「總之 / 這裏的太陽除了釀酒必須再做點甚麼」）、〈遺書〉（「母親，為了你 / 愛如春水而髮若秋草的你 / 今晚我將死去」）等悲鳴的詩，翌年他寫的〈登黃鶴樓〉，從驚聞鶴唳開始，再無輕輕的鄉愁了。

〈登黃鶴樓〉（節錄）　　洛夫
——寄湖濱詩人 T.C.

遠處望樓
我們同時聽到一聲淒厲的鶴唳秋意
如刀吻

自有其絕對之必要當我問你要不要登樓
共同尋訪
那隻幾乎死於大火中的
鶴。那隻膚髮枯焦欲飛無翼

只剩下一副
嶙峋的骨架，懸在空中
養傷的自己

……

江面如此明亮而又
如此陌生
千帆過盡
卻找不到一幅辨識的臉
只聞兩岸爭相傳誦：
……此處空餘　黃鶴樓
而樓，永遠高不過鶴唳
鶴唳
高不過我們的憂愁
午後，我已預見
落日終將沿著你蒼涼的脊梁
滑向大雪即降的漢陽
但落日
永遠高不過你
青髮森然的頭顱

千百次日升月落

千百次樓起樓塌

當掌中的殘灰猶溫

一聲鶴唳

又驚醒了你宿夜不眠的燈火

一切沒有終止

也似乎從未開始

我們在此負手看大江滾滾

讓高樓

與廢墟去辯論

讓時間

歸零

臺灣詩壇火氣，紀弦

五十年代，臺灣的詩壇火氣十足。一九五四年，洛夫、張默創刊《創世紀詩刊》，瘂弦加入；覃子豪創刊《藍星週刊》，後期余光中加入；紀弦比兩人更早一年自費創辦《現代詩》季刊。上述都是一九四九年前後跨海過來的「外省詩人」，本省詩人林亨泰、白荻支持過「現代派」，至一九六二年，紀弦依其大情大性的作風，宣佈「解散現代派」，林亨泰與詹冰等五人隨而創組主要以本省詩人為主的「笠」詩社，發行《笠》詩雙月刊。

也是一九五四年，紀弦發表旗幟鮮明、戰意十足的宣言——六點「現代派的信條」——擊起千重浪。核心在兩點：一是新詩要與抒情訣別，擁抱知性才能書寫現代；二是主張「新詩乃橫的移植，而非縱的繼承」，兩者也是二而一。西方的現代詩經歷兩次世界大戰以及之間的大蕭條，以 T. S. 艾略特鉅著《荒原》為代表的現代主義正是訣別了上一個世紀的浪漫抒情主流。在中國新詩，訣別的對象便是古典的詩情。

這惹來比他年輕十五年的余光中的盛氣，為文駁斥，一場火花四濺的現代詩論戰由此掀起。詩人鄭愁予說，當年紀弦解散「現代派」是因在論戰中飽受各方攻擊，對詩壇失望所致。

紀弦和余光中兩人似乎從此頗見嫌隙。據文學大師系列紀錄片《他們在島嶼寫作》的一位編導對《南方都市報》記者提及，在一次座談會，有學生問余光中對紀弦的看法，余光中沒回答，反問學生，紀弦是誰？學生愣住。余光中不客氣地接著說，是那個三十年不寫詩的紀弦？紀弦三十年前去美國後就不寫詩了，余光中還在寫。

紀弦惹火，年輕時有一首詩很能見到他獨特的狂傲：

〈在地球上散步〉　　紀弦

在地球上散步，
獨自踽踽地，
我揚起了我的黑手杖，
並把它沉重地點在
堅而冷了的地殼上，
讓那邊棲息著的人們
可以聽見一聲微響，
因而感知了我的存在

紀弦有「現代派的信條」宣言，説新詩要與抒情訣別。他真的完全抗拒抒情詩嗎？不見得。寫於二十四歲的〈戀人之目〉，只有四句，抒情晶晶瑩瑩，如小鑽石：

〈戀人之目〉　紀弦

戀人之目：
黑而且美。
十一月，
獅子座的流星雨。

在一九四八年赴臺之前，紀弦的筆名是「路易士」。張愛玲在一九四四年上海的文學期刊《雜誌》八月號有一篇文章〈詩與胡説〉以「欲揚先抑」的筆法讚許他的詩〈傍晚的家〉：「路易士最好的句子全是一樣的潔淨、淒清，用色吝惜，有如墨竹。眼界小，然而沒有時間性、地方性，所以是世界的、永久的。」這是一首淡而回甘的生活小詩，也抒情，背景是淪陷的上海：

〈傍晚的家〉　紀弦

傍晚的家有了烏雲的顏色，

風來小小的院子裏，

數完了天上的歸鴉，

孩子們的眼睛遂寂寞了。

晚飯時妻的瑣碎的話——

幾年前的舊事已如煙了，

而在青菜湯的淡味裏，

我覺出了一些生之淒涼。

紀弦愛觀星，從早年〈戀人之目〉以十一月獅子座流星雨入詩，一生對天文的喜愛恆久而真；晚年他寫「宇宙詩」，〈宇宙誕生〉寫宇宙初生的大爆炸，〈致水星〉想像宇宙生命終結。紀弦一九六七年移居美國後，偶然回首，以詩自嘲自況，似乎不屑於文化鄉愁。

雖然少寫鄉愁，但是一首十六行的〈夢終南山〉，其中的鄉思很動人，現節錄其中幾句：

我是坐於其上哼了幾句秦腔

和喝了點故鄉的酒的。

我曾以手撫之良久，

並能及其亙古的涼意。

而那些橫著的雲都停著不動了，

他們想看看我這「異鄉人」的模樣。

二〇〇四年，紀弦自選生平的詩，彙集出書，請瘂弦為書取名並撰序，詩集名為《年方九十》。瘂弦在書序說，自己從文藝青年時代開始就是紀弦「熱情的崇拜者、追隨者」，是他的「私淑弟子」。

瘂弦是尊重作者的文藝編輯，習慣每逢應邀寫序必先與作者做紙上訪問。在訪問中，瘂弦請紀弦在一生寫的千餘首詩之中舉出十首平生最滿意的詩。其中一首是前面錄引的小詩〈戀人之目〉，還有一首〈鳥之變奏〉也是小詩，隱喻昔年詩壇筆戰的風浪。

　　〈鳥之變奏〉　　紀弦

　　我不過才做了個
　　起飛的姿勢，這世界
　　便為之譁然了！

　　無數的獵人，
　　無數的獵槍，
　　瞄準，
　　射擊：

每一個青空的彈著點，
都亮出來一顆星星。

我愛紀弦兩首小詩，都與火有關，一首寫「死」，一首寫「生」。寫「死」幽默達觀，寫「生」反而面對令人戰慄的世界。

〈火葬〉　紀弦

如一張寫滿了的信箋，
躺在一隻牛皮紙的信封裏，
人們把他釘入一具薄皮棺材；

復如一封信的投入郵筒，
人們把他塞進火葬場的爐門

──總之，像一封信，
貼了郵票，蓋了郵戳，
寄到很遠的國度去了。

〈火與嬰孩〉　紀弦

夢見火的嬰孩笑了。
火是跳躍的。火是好的。
那火，是他看慣了的燈火嗎？
爐火嗎？
火柴的火嗎？
也許是他從未見過的火災吧？
正在爆發的大火山吧？
大森林，大草原的燃燒吧？
但他哇的一聲哭起來了：
他被他自己的笑聲所驚醒，
在一個無邊的黑夜裏。

最晶瑩而意味悠長的小詩，似乎都是自然而然從詩人的生命注於筆尖，甚麼「橫的移植、縱的繼承」現代詩爭論，經時間河流沖洗，都微不足道，彷彿是一道偽命題。

新詩，雜亂香港

從四十到五十年代，時代巨輪又大又重。相比臺灣，香港又細又亂。人間雜亂，離多愁苦，但小城的文學生命在悄然抽芽。

我是在五十年代中出生的，原來在我出生前後那十年是香港新詩春芽茂盛的時空，這點「發現」想法令我有「著魅」（enchanted）的感覺。

鄭政恆編《五〇年代香港詩選》（中華書局，2013），導言是一篇詳盡的〈一九五〇年香港新詩概要〉，細說這個時代香港的詩人群落、文學主體性的興起，寫得安靜沉著，這兒不引述，讀者可找來一讀。

在五十年代以前，香港新詩以左翼批判社會的詩作為多。一九四九年後，左翼文人大多從香港北返祖國，香港的詩壇面貌隨之而改變。在五十年代，臺灣的政治氛圍極為抑壓，香港文壇卻是百花齊放，左派、右派並存，亦有美國資助出

版的文學刊物。香港的殖民政府奉行重英輕中的政策，學子受「五四」文學新潮影響，既可以批判殖民統治不公，也可以積極學習英語文學、西方文化。在這樣混雜的文化環境，香港的新詩不會單純是大陸「新文學」的延伸，也不會是臺灣新詩的孿生兄弟。

左翼詩人批判社會，有時流於意識形態主導，但也有真誠直抒胸臆之作。詩人黃雨（1916-1991）在一九四七年為逃避國民黨隻身逃亡到香港，在香島中學教書。黃雨的妻子沒有隨他來港，留在內地，貧困中死於肺結核病。黃雨在一九五一年回國，一九五七年反右運動中被剝奪寫作權，下放改造；以後在「文化大革命」再遭受苦難。他的一首詩〈蕭頓球場的黃昏〉，原載於《文匯報・文藝週刊》，描繪黃昏灣仔一個街坊球場九流雜處的眾生相，貫注人間悲憫，形象鮮活，如在眼前。

詩附有一小段文字作前言，獨立細讀也自感人：

> 一個異國詩人說，坐在四等車裏，望著那些多縐（編按：皺）紋的農民的臉孔，你會哇的一聲哭出來。朋友，黃昏時候，你到蕭頓（編按：修頓）球場來走走吧，看著那些臉孔，你也準會哇的一聲哭出來的。

詩共十一段一百一十多行，限於篇幅，這兒只能選三數段：

〈蕭頓球場的黃昏〉（節錄） 黃雨

看哪，賣牛腩的
把汗水，鼻涕，圍巾上的油污
一起拌在牛腩裏
又把那個麻瘋吃過的碗子
洗也沒有洗
就裝了一碗牛腩
送到那孩子的面前
那孩子是吃得這樣津津有味呀

這裏卻是賣書的
賣房中術
賣推背圖
賣牛精良大鬧香港
賣風流寡婦的自傳
那個穿長衫的中年人
看得那麼入神
口水也滴了下來
他在讀著甚麼書呢

而你，這拖長辮子的女人
為何獨坐在石頭上流淚
給主人驅逐了
還是給丈夫拋棄了
而你，這攞香煙的婦人
為何鞭打了兒子又自己哭泣著
而你，這長頭髮黃面孔
蹲在地上的中年人
為何用火柴枝劃著圈圈
你要向嚴肅的土地
找尋甚麼痛苦的答案⋯⋯

呵，是那一種殘酷的風
把你們從天南地北捲在一起
天地是如此廣闊
為何偏偏選擇這片土地
這片如此灰暗雜沓，喧嚷的土地

就在五十年代，新詩現代派在香港與臺灣同時蓬勃。先是短
命的《詩朵》，在一九五五年八月創刊，艱苦支撐了三期便
結束。《詩朵》的主編是崑南、王無邪和葉維廉。王無邪後
來轉向繪畫，成為大師；葉維廉留學臺灣，之後赴美深造，

獲普林斯頓大學哲學博士，終身從事比較文學、美學和詩學研究；崑南堅持在主流與「正道」之外顛簸徜徉、創作充滿反叛意味。一九五六年，馬朗在香港創辦《文藝新潮》，這也正是紀弦在臺灣辦《現代詩》、發表「現代派的信條」引起論戰的一年。馬朗與紀弦其後成為好友，兩個刊物製作專輯，推介對岸的詩人和詩作。

在香港，馬朗是現代派的先鋒。他的背景和視野與多數南來文人有些不同。馬朗生於華僑家庭，在上海聖約翰大學畢業，詩才早熟，二十歲前已在上海擔任《自由論壇報》編輯和《文潮月刊》主編，出版詩集和小說。五十年代初來港，一九五六年創辦的《文藝新潮》雜誌倡導現代主義思潮的影響深遠。他在一九六三年離港赴美留學深造，定居美國，後來當了外交官，十多年後才再出版詩集《美洲三十弦》。

馬朗在對中國新時代有敏感而深刻的先見之明。他的經典詩作《獻給中國的戰鬥者：焚琴的浪子、國殤祭》寫於一九五五年，預見了同輩熱血青年在大時代的厄運。

《獻給中國的戰鬥者：焚琴的浪子、國殤祭》是兩篇頗長的一組詩，這兒不能好好節錄。詩的前言亦長，值得獨立細讀，以見時代一斑：

一九四九年秋是一個波動詭變的時代，生活在戰鬥者的行列中間，有無比的痛楚和衝動，在甦醒和半甦醒的空間，我對周圍的獻身者有兩種感觸：一是鼓舞和頌讚，一是悲哀和幻滅，因此我寫了兩首詩，「焚琴的浪子」是給北上諸友的，「國殤祭」卻是一種預感，兩首詩貼過華北革大的牆垣，也被帶到很遠的地方。隔了兩年，預感不幸而言中，使我悲哀他們也是悲哀自己的是保羅的萬里來鴻，那時正是參軍韓戰的狂飆時代，他信上說：「我走了，這次走，對我的生命經驗會更豐富，也會使我對生命珍惜起來。你的詩我留在身邊。我記得國殤祭。別了，我會回來的。」中國的戰鬥者其命運是悽慘的，我想到發表這些詩，作為憶念。結果，披露延擱，今日，已是痛定思痛的六年後了，在歷史的洪流裏，他們留下甚麼呢？

一九五五年十月記。

電車，教堂

五十年代香港的詩，風格面貌漸漸與臺灣分殊，所謂「香港文學主體性」亦在這時期建立。這兒只從兩個小主題去說：電車和教堂。

李育中（1911-2013）於一九三四年在《南華日報》發表〈維多利亞市北角〉，詩二十行，這兒節錄後半闋：

〈維多利亞市北角〉（節錄）　　李育中

峥嵘的北角半山腰的翠青色
就比過路的電車不同
每個工人駕御的小車
小軌道滑走也吃力
雄偉的馬達吼得不停
要輾碎一切似地
把煤煙石屑潰散開去
十一月的晴空下那麼好
游泳棚卻早已凋殘了

陳智德註釋，北角在一八四五年前原稱為「七姊妹」，早期的北角只是港島山岬之名，一九〇〇年後，北角開發，填海築路。一九〇四年七月三十日，第一輛電車從羅素街電車總站（今日銅鑼灣時代廣場）出發，電車路日後伸延至七姊妹。一九一一年，中華游樂會在七姊妹海灣搭建游泳棚，二十年代再擴大規模，增建游泳棚，成為市民游泳的熱門好去處。

李育中在香港出生，是一位文學的開拓者，三十年代與友人創辦詩刊《詩頁》和《今日詩歌》。一九三三年，二十二歲的李育中在香港看了由海明威作品改編的電影《戰地春夢》，到香港大會堂圖書館借了原著，譯為中文《訣別武器》，是中國翻譯海明威作品的第一人。

一九三八年，李育中離開香港前赴廣州，投身抗日，廣州淪陷後再轉赴桂林、粵北等地，戰後回到廣州，曾於英國新聞處任職翻譯。一九四九年初，解放戰爭中，英國新聞處準備撤離至臺灣，李育中不願前往。解放後長期任教於廣州華南師範大學。

二〇〇六年，李育中以九十五歲高齡來香港參加研討會，陳智德經由《信報》文化版安排他訪談。在訪談中，陳智德取出發表〈維多利亞市北角〉的《南華日報・勁草》影印件

給李育中翻閱，李育中説，已差點忘記自己寫過這詩。寫這首詩之時，李育中在香港政府工務局任職，他寫開拓中的北角是工作上的真實見聞。

陳智德編《香港文學大系 1919-1949：新詩卷》，寫有一篇十分細緻的「導言」，其中引錄了詩人鷗外鷗（1911-1995）一首〈禮拜日〉。鷗外鷗是廣東東莞人，小時隨父母住在香港跑馬地。青少年時期居內地，一九三六至一九四二年曾再住香港。

〈禮拜日〉　　鷗外鷗

株守在莊士敦道，軒尼詩道的歧路中央
青空上樹起了十字架的一所禮拜寺
鳴響著鐘聲！

電車的軌道，
從禮拜寺的 V 字形的體旁流過
一船一船的「滿座」的電車的兔。
一邊是往游泳場的，
一邊是往「跑馬地」的。

坐在車上的人耳的背後聽著那
鏗鳴著的禮拜寺的鐘聲，
今天是禮拜日呵！

感謝上帝！
我們沒有甚麼禱告了，神父。

詩中的「禮拜寺」是指循道衛理堂，在一九三六年落成，後來成為灣仔的地標。教堂矗立在灣仔一處歧路的起點，詩就從歧路寫都市俗世人的熙攘。電車還是現代科技的產物。擠在電車廂的人如籠中兔，在周日不是往北角泳棚享受游泳，就是趕往賽馬場，對此現象詩人不予深責，但在兩個看似白描都市風景的段落後，猝然來一個轉折：「感謝上帝！／我們沒有甚麼可禱告了」，不動聲色的反諷令小詩別有味道。

這首詩的副題是「香港的照相冊」。「香港的照相冊」亦是鷗外鷗在三、四十年代創作的詩系列的總稱。

鷗外鷗的詩，借鑒了以施蟄存、戴望舒《現代》詩刊為代表的現代派技法，但寫的活脫脫是香港都市詩，與戴望舒暫居在香港、柳木下潦倒在香港時所寫的詩截然不同，生長出與大陸和臺灣不同的香港本地氣味了。

香港的現代派先鋒馬朗尤其多寫電車,如〈車中懷遠人〉、〈北角之夜〉、〈快樂〉,其中有人間風情,也有個人情懷。〈北角之夜〉是感官流動的一首。

〈北角之夜〉　馬朗

最後一列的電車落寞地駛過後
遠遠交叉路口的小紅燈熄了
但是一絮一絮濡濕了的凝固的霓虹
沾染了眼和眼之間朦朧的視覺

於是陷入一種紫水晶裏的沉醉
彷彿滿街飄蕩著薄荷酒的溪流
而春野上一群小銀駒似地
散開了,零落急速的舞娘們的纖足
登登聲踏破了那邊捲舌的夜歌

玄色在燈影裏慢慢成熟
每到這裏就像由咖啡座出來醺然徜徉
也一直像有她又斜垂下遮風的傘
素蓮似的手上傳來的餘溫

永遠是一切年輕時的夢重歸的角落
也永遠是追星逐月的春夜
所以疲倦卻又往復留連
已經萬籟俱寂了
營營地是誰在說著連綿的話呀

北角在五十年代是「小上海」，多上海人聚居，還有上海人
經營的麗池夜總會。〈北角之夜〉詩中，馬朗把人生段記憶
印象交疊溶為一片：少年時的中國內地、青年時的繁華上海，
以及寫詩時身處的香港北角。有人問：詩題的「北角」只是
香港的北角，還是兼指北方的角落？

日後，詩人學者王良和在訪問馬朗時也談到這首詩。王良和
問，為甚麼從香港北角的夜總會舞孃會聯想到「春野上一群
小銀駒」？馬朗說：「那是一個真實情景所帶給我的聯想。
當時我看到有一群歡場女子正在離去，她們走得很快，我就
突然覺得好像是有一群銀色的小馬在飛快地奔跑一樣。這種
聯想或許與個人經驗有關。童年時，我曾在內地見過春野上
成群的小馬奔跑，因此當我在北角看到歡場女子急步離去
時，就產生了這樣的聯想。」

王良和又問，為甚麼這時的詩作常見電車？

馬朗回想，「青少年時，我（在上海）進了報館當編輯，常工作至夜深才回家。乘坐電車時，車上往往只剩一、兩個人，因此坐在電車上，常會感覺很孤獨、很寂寞。加上回憶起個人傷心的往事、幾次身歷革命的痛苦，而當時鬥爭又已經出現，因此當我坐在電車上沉思、想起這些經歷時，就會感到很悲痛。後來，我來到香港又從事編輯工作，常常夜歸，乘坐電車往來北角與灣仔、中環，久而久之，自己也愛上了坐電車，少坐巴士。這種經驗不斷『迴漩』，在創作時，寫到與電車有關的事情和記憶就特別多。」

馬朗的〈北角之夜〉寫於一九五七年。此前三年，蔡炎培寫下小詩〈彌撒〉，只有四行，緣起是詩人生命中第一個女子離去，教堂一瞥留下裊裊不散的人間情味。

〈彌撒〉 蔡炎培

還下著離離的細雨
又是聖嘉肋近夜的晚鐘
為誰燃點了一根銀燭
你輕輕的掩門，走了

談新詩中的電車和教堂連結著不同時期的香港詩人，希望讀

者不覺得太混亂。

書的這一部分的開始，有個詩人時序表，這兒截取部分再
看。可以留意，鷗外鷗、李育中是與辛笛同時期的詩人前輩。
紀弦與余光中為新詩而筆戰動了干戈，又與香港的馬朗隔海
同聲同氣推動現代派，但他與鷗外鷗才是同輩人。

1911		鷗外鷗 （1911-1995）、 李育中 （1911-2013）
1912	辛笛 （1912-2004）	覃子豪 （1912-1963）
1913		紀弦 （1913-2013）
1914		柳木下 （1914-1998）
1924		林亨泰
1927		
1928		余光中、洛夫、羅 門（1928-2017）
1930		商禽 （1930-2010）

認真實驗

從五十年代末到六十年代，中國大陸的詩人受限於政治，只可跟隨官方主調旋轉；臺灣詩壇在政治抑壓下卻沒有萎縮，一九六四年六月，《笠》詩雙月刊創刊，成為臺灣最長壽的現代詩期刊。

「笠」是林亨泰起的名字。「笠詩社」以前衛自居，林亨泰早在五十年代末創作的有名的《風景》兩首，這時紀弦領導的「現代派」正盛，林是其中成員。《風景》打破新詩固有形式，是結構上的實驗。我喜歡第二首：

〈風景 No.2〉 林亨泰

防風林 的
外邊 還有
防風林 的
外邊 還有
防風林 的

外邊　還有

然而海　以及波的羅列
然而海　以及波的羅列

小詩來自真實經驗，並非文字堆砌而已。依林亨泰自述，當時他從臺灣彰化縣溪湖坐客運車到二林，車在動，一排排的防風林往後移動，防風林外邊遠方是海。在這詩中，第一節是不絕移動的防風林往後，「海」突如其來在第二節出現，視點變成俯瞰，頓時開朗。

這是不是很成功的實驗，可以爭議的，但有人讚賞這是圖像詩，卻是誤讀。詩人並非在設計平面圖像。在專訪中，林亨泰強調詩的立體感和韻律感。「我的詩必須讀出來才有立體感，才有韻味，只用眼睛看的話，只是呈現平面而已。」

這首詩相比〈風景 No.1〉較有說服力，還在於防風林與海本身，自有其漠漠的存在，與這重複的句式切合。

葉維廉指出，林亨泰的創作受日本前衛的「新感覺派」影響。少年林亨泰在臺灣的日本殖民時代成長，到一九四九年臺灣光復，禁用日文，詩人的創作語言突然斷裂，很多人就此停

筆。林亨泰創造了「跨語言的一代」這個名詞來形容他們這一群詩人，成為臺灣詩史的一個常用詞。

這一代詩人不單經歷語言斷裂，亦經受白色恐怖壓迫。一九四九年臺灣「四六學運」遭鎮壓，林亨泰也被拘留盤問一整天。小詩〈哲學家〉寫文人在抑壓中的政治恐懼，很真切：

〈哲學家〉　　林亨泰

陽光失調的日子
雞縮起一隻腳思索著
一九四七年十月二十日，秋天
為甚麼失調的陽光會影響那隻腳？
在葉子完全落盡的樹下！

商禽（羅燕，另有筆名羅馬，1930-2010）年紀在洛夫與瘂弦之間，同是臺灣現代詩運動初期的健將，他的詩作有很多實驗，有些像意識涓涓地流動，有些像散文詩。文學評論家葉輝說，「在商禽的散文詩裏，你可以發現一種不分行的語勢為甚麼還可以帶有詩的透明和敏感，為甚麼在美麗而沒有生命力的文字以外，還有一種帶有詩的幽默、隱含生命感悟的文字。」

商禽是四川少數民族，十五歲就被部隊拉伕，「揭開拘囚、逃亡的人生序幕，輾轉流蕩漂泊，一九五〇年隨軍隊抵達異域臺灣。」他的詩裝載著戰爭與時代的創傷。

〈池塘（枯槁哪吒）〉是一篇有自傳色彩的詩，其中寫到：

> 十五歲起便為自己的一切罪行負完全的責任了。
> 這就是所謂的「存在」。僅餘下少數的魂、少
> 數的魄、且倒立在遠遠的雲端欣賞自己在水中
> 的身影。

> 深秋後池塘裡孑然的一支殘荷。

商禽只出版兩本詩集，第二本《用腳思想》的點題詩寫荒謬虛無、歪理顛倒的年代，也採用了富實驗意味的圖像，「彩虹」對「垃圾」，「雲」對「陷阱」，對比強烈。

〈用腳思想〉　　商禽

找不到腳　　在地上
　　在天上　　找不到頭
我們用頭行走　　我們用腳思想
　　　　虹　　垃圾
　是虛無的橋　　是紛亂的命題
　　　　雲　　陷阱
　是飄紗的路　　是預設的結論
　　在天上　　找不到頭
　找不到腳　　在地上
我們用頭行走　　我們用腳思想。

現代詩形式的實驗，其實早在四十年代初已有先鋒：鷗外鷗
試驗以字體大小、分行排列製造視覺效果，表達情緒衝擊。
作家、藏書家許定銘常為香港文學寫書話，有一篇談到鷗外
鷗的先鋒實驗，說得準確：

　　一九六〇年代早期，我曾涉獵臺灣的現代詩，
　　深為白萩、林亨泰和碧果等人詩創作中怪異形
　　式所吸引，絕對想不到，鷗外鷗在二三十年前，
　　已比他們先起步，走在更前衛的前方。

此中最突出的，莫如〈被開墾的處女地〉。詩人初抵桂林，即驚異於群山重迭包圍的景象，於是，他用了大大小小幾十個「山」字，用不同的排列形式來顯示作者被群山擁抱的激動。他這種寫作形式，轟動了當時的詩壇，成了鷗外鷗詩作的註冊商標，同時亦被譏為形式主義的未來派。這對詩人造成了不少的打擊，幸好得到艾青的支持和鼓勵，才使他堅定信心，創作的欲火燃燒得更旺盛。

摘自許定銘〈從無名路走過來的詩人——記鷗外鷗〉

〈被開墾的處女地〉寫於一九四二年。趙曉彤在〈鷗外鷗是一個極端現實主義者——讀《鷗外鷗之詩》〉介紹這首詩，注意到詩人表達的不單單是被群山重迭包圍擁抱的感官激動。詩眼在末句：香港在一九四一年淪陷、大量資本家逃到桂林、山水被商業化、城市化入侵，命運堪虞。桂林獨特的山形似手和指，但舉著的手也擋不住被開墾的厄運。這焦慮含有超前時代的綠色保育意識，詩的形式與內容的關注都是前衛的，二合一，並非徒具前衛實驗形式。

〈被開墾的處女地〉（節錄）　鷗外鷗

山
山
東面望一望
東面一帶
山
山
山
山
西面望一望
西面一帶
山
山
山
南面望一望
北面望一望
都是山
又是山

四方八面舉起了一雙雙拒絕的手擋住
但舉起的一個個的手指的山
也有指隙的啦
無隙不入的外來的現代的文物
都在不知覺的隙縫中閃身進來了
山動了原野動了　林木動了　河川動了
宇宙星辰的天空也動了

（此詩原作用直排，特意沿用以見群山包圍的震撼。）

西西詩，遊戲與生活

我在開始了寫這本書的個多月後才讀西西的詩，是她的一個「遲到」的詩讀者。她的小説出色，我因而以為寫詩只是她創作的「餘事」。詩人廖偉棠訪問過西西，有好幾篇文章細心地寫她，把我對西西的詩的零星想法都已寫完全了，其中一篇是〈西西的詩實驗〉。廖偉棠説，「作為一個詩人的西西長期被小説家西西掩蔽，但新詩是她的出發點，而且早在五十年代末中學時期，她就已經寫下一批極其實驗的詩歌。比如説回應法國新浪潮電影《去年在馬里安巴德》的詩〈馬侖堡〉（筆者按：應為〈在馬倫堡〉，載入《西西詩集1959-1999》）其中有這樣後現代的句子：『我和病未來派的太陽賽跑。一切圖形都是→』……她可能還是最早把標識符號用進詩裏的，早於我們網絡寫作使用符號近五十年。」

西西自己沒有把寫詩實驗看得太嚴重。在訪問中，她給廖偉棠講述早年自己有詩的時候，「我們大家都在《星島日報》學生園地投稿，當時沒有電視也沒有遊戲，大家以投稿為樂，版面上整天見到的都是那些名字。」「崑南、王無邪、

葉維廉等都是這裏認識的。這些人中王無邪對我啓迪最大，他是我交筆友交到的，另外星島學生園地常常辦旅行，在旅行中認識了崑南。我和無邪通信一年討論文學，卻從未見面，他號稱要創辦新的詩派『蜻蜓體』——寫幾行又隔一行，好像蜻蜓點水一樣。」

西西生於一九三八年，比這幾個香港新詩的兄長小幾歲，是詩人的小妹妹。

小詩〈我高興〉有本色，詩人偏偏不肯受沉重時代壓抑：

〈我高興〉　西西

太陽白色太陽
白色太陽白色

如果早上起來看見天氣晴朗，我高興。
如果早上起來看見天氣晴朗，牛在吃草你在喝
　牛奶，我高興。
如果早上起來看見天氣晴朗，牛在吃草你在喝
　牛奶，大家一起坐著念一首詩，我高興。
如果早上起來看見天氣晴朗，牛在吃草你在喝

牛奶，大家一起坐著念一首詩，就說看見一對
夫婦和十九個小孩騎著一匹笑嘻嘻的大河馬，
我高興。

高興我高興
我高興我

她寫於六十年代的詩，我特別喜歡〈快餐店〉，其中有城市
景觀、有女子生活、有自由自主特別明快的節奏，與那個年
代的其他詩人（主要是男性）不同。廖偉棠對此詩擊節讚賞：
「六十年代在西方蔚然成潮的女性主義，在六十年代香港一
個前衛女性詩人這裏，有著完全另類的演繹方式。——這樣
敢於冒政治正確（反對連鎖餐飲企業！）和知識分子小資
（你竟然不去咖啡館也不去老字號茶餐廳！）之大不韙，西
西的女性主義宣言偏偏有這種勇氣、這種直率。」

〈快餐店（外一首）〉（節錄）　　西西

既然我不會鎧魚
既然我一見到毛蟲就會把整棵椰菜花扔出窗外
既然我炒的牛肉像柴皮
既然我燒的飯焦

......

既然我認為一天花起碼三個小時來烹飪是一種
時間上的浪費
既然我高興在街上走來走去
既然我肚子餓了就希望快點有東西可以果腹
既然我習慣了掏幾個大硬幣出來自己請自己吃飯
既然這裏面顯然十分熱鬧四周的色彩像一幅梵谷
既然我可以自由選擇青豆蝦仁飯或公司三明治
既然我還可以隨時來一杯阿華田或西班牙咖啡
既然我認為可以簡單解決的事情實在沒有加以
複雜的必要
既然我的工作已經那麼令我疲乏
既然我一直討厭洗碗洗碟
既然我放下杯碟就可以朝戶外跑
既然我反對貼士制度

我常常走進快餐店

西西也寫另一種生活小詩，寫得很細，有如朋友談心：

〈白髮朋友〉　西西

偶然在書店裏
看見你
看見
你頭上的白髮
草地上的白菊花

近來我常常看見
白菊花
在喝下午茶的地方
在放映實驗電影的地方
在你們走來走去的地方
太陽還是那個老太陽
一切彷彿舊模樣
好像是
你們的孩子
長得比飯桌子
或者比你們自己
都高了，還有就是
在你們喜歡出沒的地方
你們全部

被稱為前輩

從前我等當然十分豪邁
那麼一大群人
做對了或許也做錯了不少事
畢竟曾經起勁過好一陣子
現在，似乎沒有甚麼
叫我們大感動了

聽說最近
你們都失了業
怎麼辦？總有得
辦的吧
隔著書的灌木叢
看見你
低頭看書
近來我也常常
看書

在《西西詩集 1959-1999》序，西西說自己年輕時讀到葉維
廉的新作〈愁渡〉（1967年），「頓然呆住，自己的詩太窩囊，
再也不敢寫。」去到九十年代，她又寫了。原因之一竟是因

為學電腦。「既要輸入文字，不如寫些短詩。漸漸熟習，詩也長了。」一九九八年的〈床前明月光〉是這樣來的。

〈床前明月光〉　　西西
——倉頡輸入法

日是 A，月是 B，明是 AB
床是 ID，前是 TBLN
光是 FMU
床前明月光是
ID
TBLN
AB
B
FMU
李白酒醒，驚見蠻書

西西的詩常有這種從生活採擷的真趣，每一點真趣都彷彿在向時代的沉重說「不」。我懷疑，詩人寫詩，真可以免於受時代的沉重氛圍感染嗎？譬如說，當遇上「六四事件」還說甚麼「生活真趣」？《西西詩集 1959-1999》中有一首是寫於一九八九年七月四日，詩題為〈六月〉。詩分四段，以懷

想在北京的友人和她在中央美術院念書的女兒開始，第二段
還是細寫平常生活：

> 你帶我們去逛
> 民辦、書舍，過兩條街
> 還有唱搖滾樂的
> 咖啡店，喇嘛廟旁
> 住著坐在輪椅上
> 沉思的作家。除夕
> 子夜，揮手再見，清晨
> 八點，你撥電話來
> 報訊：下雪了
> 從飯店的露台
> 我們看見，銀白
> 美麗的長安街
> 樓房的屋頂，灑遍
> 童話世界的糖粉

第三段（節錄）交待「六四事件」震撼，極簡約：

> 每年六月，我們孕育
> 遠行的夢，看一點

山水，買一點書
探訪朋友。六月
又來了，天色
詭異，你們那裏
驟然雪崩

末段問候北方，疑問香港未來：

這麼嚴峻的六月
你好麼？只有
降溫的消息，太冷
太冷了，遠方的景物
凝結成冰
我們的夢氣球
——凍裂。攤開
地圖，不知道
兩隻腳，還可以選擇
哪一個方向

蔡炎培，詩有靈

寫過西西，這本書已近尾聲。往下只寫蔡炎培、北島、也斯作結。其實可以寫進來的詩人還有不少。只能致歉，這不是一本詩歌史，也不是一本詩選。它只是裝載一些有詩的時候，那些讓我特別有感覺的詩和人。

要寫北島已令我有些猶豫。迫不得已，就要碰觸文革中的中國內地地下詩歌。這麼一來，又墜入沉重的歷史去了。

但文革也不須迴避。蔡炎培一篇〈七星燈〉，下筆有深情，就是為祭死於文革初期的林昭（1932-1968）而寫。林昭是北京大學新聞系學生，最初只是在反右運動期間寫了一篇打抱不平的大字報，自己也被劃為右派，以「攻擊無產階級專政罪、反革命集團罪」於一九六二年入獄。在獄中她寫血書反對毛澤東，一九六八年四月二十九日在獄中被宣判死刑，同日被槍決於上海龍華機場。

詩題有典故：在《三國演義》中，諸葛亮伐魏，六出祁山不

勝，心血耗盡，自知不久於人世，將領姜維建議祈壽續命。點七星燈是續壽的佈置。在這首詩，詩人擬想身在馬車向銀河飛馳，護著身旁有血光的女孩走最後一程。

〈七星燈〉　蔡炎培

搖著夜寒的銀河路
你給我一個不懂詩的樣子
挨在馬車邊
使我顛顛倒倒的眼神
突然記起棺裏面
有吻過的唇燙貼的手
和她耳根的天葵花
全放在可觸摸的死亡間
死亡在報紙上進行
昨宵我又見她走過王府井
去讀那些大字報
找著血時便棲了身
很似戰車在人的上面輾過
成為中國的姓氏
為何她還未蘇生
很多人這樣問，很多人都沒了消息

馬車在血光中進行
她在我的肩膀靠著
並想著外邊的石板路
會有一地梧桐樹影
深吻了月光
月光在城外的手圍穿出
突破惹人眼淚的表象
便在雲層隱沒
不再重看
只有那匹馬，不懂倉促
發足前奔……

在馬車的前奔中
「如果這是別，」她說
「那就是別了。北京。」
是她倉卒收起桃花扇
看我南來最後一屆的學生

桃紅不會開給明日的北大
鮮血已濕了林花
今宵是個沒有月光的晚上
在你不懂詩的樣子下

馬兒特別怕蹄聲
那麼在我身旁請你坐穩一點點
車過銀河路
鞭著
七星燈

我讀蔡炎培的詩,時常覺得「感其情不能盡知其意」,〈七星燈〉是例外。在本書「前言」,我抄錄自己在專欄介紹他的詩集《十項全能》那篇文章,有此一段:

我夢想的詩是這樣的:「我是你的小讀者／摺紙船／摺了一隻又一隻／放入水／水一樣的聲音／水一樣地流去了／慰冰」(〈扇面〉)。他毫不費力就信手從冰心那裏拈來了!「水慰冰」,神奇。

他來信賜正:「聽說冰心寫過一首詩給丈夫,但一生沒有給丈夫看。詩署名慰冰。〈扇面〉你卻讀出『水慰冰』這樣藝術效果,更神奇了。受過嚴格科學訓練的人,讀詩也許就有這個好處!」

那是二〇〇五年。

現在下筆心中比較「有底」，是讀了鄭蕾寫蔡炎培的論文稿。鄭蕾引述廖偉棠，說蔡炎培的詩情「出入於溫柔和孟浪之間」。他的詩精神來自傳統，自創獨特語言，反叛再造，晚年自嘲以「三及第」語言（我理解為古典、白話和廣東俚語）入詩。

二○○九年他在《代寫情書》有這篇「三及第」：

〈蛆蟲頌〉　蔡炎培

詩人走漏眼
他們習慣山習慣水
最近習慣吃西北風
他們不大進食
依然屙出甚有苗頭的米田共

蟲生後肉腐
你，不理天胎白毛毛
一夜之間吸盡小毒和百毒
金紫荊廣場升旗
這裏沒有人民紀念碑

這首詩可以與《從零到零》自選集的〈駐足〉放在一起讀。
〈駐足〉寫於〈蛆蟲頌〉前一年：

〈駐足〉　蔡炎培

夜來風大
階梯上的鳥糞
散落一樹高枝的碎語

路燈熄了
清潔工駁起大水喉
冬陽微微熱

下邊戲台的座椅
回歸十多年
摺埋花紙皺了臉

你可以離開
這裏已經沒有你的事

蔡炎培早年與崑南、葉維廉是詩友，西西早年也親近葉維廉；
西西以細膩的日常生活感向沉重迫人的大時代說不，我看蔡

炎培也是以自己的「三及第」語言拒絕被沉重的「政治正確」時代壓倒。無獨有偶，〈駐足〉與〈蛆蟲頌〉兩首小詩同是感喟回歸後的香港光景，詩同樣有「糞」（廣東俗語叫「糞」作「米田共」），但一俗一雅，各存感慨。「回歸十多年／摺埋花紙皺了臉」可以吟誦再三，「摺埋」這廣東話用得天衣無縫，若以白話讀成「摺」與「埋」，也是另一重意味。

蔡炎培的詩，有靈感時，情感與文字渾成一體。《離鳩譜》是一組三首詩，〈死亡冊上〉是第一首。詩題借廣東粗鄙俗語「離鳩譜」，意思卻是古詩中失巢的雛鳩鳥。這首詩寫於二〇〇六年他母親逝世後。

〈死亡冊上〉　　蔡炎培

我兒我兒，等會你對大夫
說：這是個小小的誤會
我們便能出院。記住？
我聽傻了耳
此刻她老到連這句話都忘了說
醫院的死亡冊上
我默默把她領了出去

醫院的廊下
天陰不雨
探病的絡繹於途
等死的沒有甚麼好說
我兒我兒，等會把膏藥旗貼好
她默默出門面對暴民開山刀

鐵鳥低飛
密雲
戰爭的陰影並沒有過去

詩以「黑色幽默」寫母親病中癡語，一轉而為死亡冊上的無語，再轉而為詩人癡想起抗日戰爭淪陷中的片段（「膏藥旗」指日本旗），回過神，醒覺戰爭陰影沒有過去，這是渾成。

倖存者言

蔡炎培愛在詩中開玩笑,在瀕臨輕浮的嬉笑邊緣,輕輕透露另一層可以是沉重的生命實感。詩友也斯比他小十四歲,因癌病逝世,他寫下好幾首在思念也斯的小詩,收入詩集《從零到零》。下面節錄的這兩首寫於同一日:

〈詩人的笑〉　蔡炎培

輪到我了?
拜拜。

　　　　　　　蔡炎培
　　　　　　　　三鞠躬
　　　　　二〇一三年正月八日

也斯復活

也斯在二〇一三年一月五日逝世。蔡炎培的小詩寫於也斯去世後第三天。末句「也斯復活」可不是開玩笑。〈寄也斯〉

就以也斯復活開始，有如詩人入夢，這詩仍用「三及第」文字，無韻，一口氣一段到尾，情見乎辭：

〈寄也斯〉　蔡炎培

耶穌第三天復活
我知道你也在那一天
你說，師伯……我連忙
耍手撐頭，雖然你是
我少年朋友莎維豪的學生
再一次接觸，你和葉輝
整晚笑說「涉江采芙蓉」
我在詩瞳看出最遠的邊界
邊界有風。風的名字
曰「藍」。過此骨節眼有些兒痛
隔了某些天，你在創意中心
煲好一瓴明火白果粥
等大家埋位，詩而誦之
現代漢詩確然是──
識者鴛鴦；不識者兩樣
偏偏我主基督選中你
甚麼甚麼之乎者也的葫蘆
也斯，你係得嘅

蔡炎培以性情寫詩，不作詩論，但在一篇隨筆〈倖存者言〉中他透露心聲：

> 「寫詩人多，讀詩人少」，詩人大抵耐不住寂寞，因而有此慨嘆。恰恰相反，每一世代都是「寫詩人少，讀詩人多」的。顯例是唐代。「婦孺能解」的白樂天，詩人之間的美言而已。若拿此作為詩的標準，相當危險。

下面說自己寫詩心路：

> 作為詩的倖存者，行過七十，感恩之情日甚。沒有詩，恐怕早已瘋了。
>
> 沒有詩，逝者何知祭者哀。

「沒有詩，逝者何知祭者哀。」在悼念母親與悼念也斯，正是這樣。詩不是為討大眾歡心而寫。

「沒有詩，恐怕早已瘋了。」這兩句話在蔡炎培筆下是罕有的重，但真有其事。

蔡炎培私淑吳興華（1921-1966）為師，給很多人講過這故事：在他生命中有一個他稱為 Blue Coat 的女子，「當年我要到臺灣讀書，她送了一把頭髮給我，這立即要了我的命。」後來分手，蔡炎培在精神崩潰邊緣，甚至有幻聽幻覺。這時偶然讀到吳興華的〈論里爾克的詩〉，豁然頓悟。「詩歌也晉級了，寫出一系列的好詩來。」蔡炎培笑說素未謀面的吳興華救了他一命。

在本書〈前言〉提及我與蔡詩人的一頓早茶，他也給我講了這段故事，可能因為我是醫生，把當時的精神狀態講得更仔細分明。然後他問我有沒有聽過奧爾弗斯（Orpheus）的故事？吳興華的〈論里爾克的詩〉談到里爾克的名作《致奧爾弗斯》（Sonnet to Orpheus），奧爾弗斯是希臘神話中詩人和音樂家的原型。他的妻子夭亡，他攜豎琴闖入地府，以音樂感動了冥王，讓妻子重返人間。冥王答應了，條件是在他離開冥界前，不可回頭望。奧爾弗斯比妻子先離開，在最後關頭卻忍不住回頭看了她一眼，就此陰陽永別。蔡炎培的頓悟是：無論如何捨不得，莫要總是回頭望。

北島詩，孤獨凝煉

西西有些詩滿有童真，裏面還有大河馬和袋鼠，但並不故作天真；蔡炎培的詩有時像在嬉玩，但並非文字遊戲。北島比他們年輕得多，但他的詩幾乎是絕無例外地沉重，早年兩首詩〈回答〉和〈一切〉在文革後發表，令兩代（他自己和下一代）激情共鳴，是以吶喊寫成。一九八九年後，他自我流放，在國外漂泊，生活孤苦，但與各國最好的詩人交往。他的詩脫離了吶喊，下筆凝煉，進入另一境地，對詩也有更深刻的想法。日後在訪問中，每當有人興致勃勃地告訴他如何受〈回答〉感動，他會冷然說，那並不是自己覺得特別好的一首詩。但這首詩還得在此照錄——它在中國當代詩史的位置太顯要了。

〈回答〉　北島

卑鄙是卑鄙者的通行證，
高尚是高尚者的墓志銘，
看吧，在那鍍金的天空中，

飄滿了死者彎曲的倒影。

冰川紀過去了，
為甚麼到處都是冰凌？
好望角發現了，
為甚麼死海裏千帆相競？

我來到這個世界上，
只帶著紙、繩索和身影，
為了在審判前，
宣讀那些被判決的聲音。

告訴你吧，世界
我──不──相──信！
縱使你腳下有一千名挑戰者，
那就把我算作第一千零一名。

我不相信天是藍的，
我不相信雷的回聲，
我不相信夢是假的，
我不相信死無報應。

如果海洋注定要決堤，

就讓所有的苦水都注入我心中，

如果陸地注定要上升，

就讓人類重新選擇生存的峰頂。

新的轉機和閃閃星斗，

正在綴滿沒有遮攔的天空。

那是五千年的象形文字，

那是未來人們凝視的眼睛。

在北島心目中，甚麼樣的詩是最好的詩？答案散見於北島談翻譯詩的文集《時間的玫瑰》。在書中，北島揀選了二十世紀九位他認為堪稱偉大的詩人，里爾克是其中一位。他細譯、細析了里爾克的〈秋日〉：

正是這首詩，讓我猶豫再三，還是把里爾克放進二十世紀最偉大的詩人的行列。詩歌與小說的衡量尺度不同。若用刀子打比方，詩歌好在鋒刃上，而小說好在質地重量造型等整體感上。一個詩人往往就靠那麼幾首好詩，數量並不重要。里爾克一生寫了二千五百首詩，在我看來多是平庸之作，甚至連他後期的兩首長詩《杜

伊諾哀歌》和《獻給奧爾弗斯十四行》也被西方世界捧得太高了。這一點，正如里爾克在他關於羅丹（Auguste Rodin）一書中所說的，「榮譽是所有誤解的總和」。

〈秋日〉　里爾克（北島譯）

主呵，是時候了。夏天盛極一時。
把你的陰影置於日晷上，
讓風吹過牧場。
讓枝頭最後的果實飽滿；
再給兩天南方的好天氣，
催它們成熟，把
最後的甘甜壓進濃酒。
誰此時沒有房子，就不必建造，
誰此時孤獨，就永遠孤獨，
就醒來，讀書，寫長長的信，
在林蔭路上不停地
徘徊，落葉紛飛。

在本書第一、二部分，我們屢見里爾克對孤獨、存在、創作的體驗，深深影響馮至、卞之琳，然後是鄭敏和陳敬容，再

然後是蔡炎培這一輩，還有北島。論單一外國近代詩人對中國現代詩的影響，我看非里爾克莫屬。里爾克的〈秋日〉是一九〇二年九月二十一日在巴黎寫的，那年他僅二十七歲。「誰此時沒有房子，就不必建造，／誰此時孤獨，就永遠孤獨」，孤獨無處安居不是詛咒，是上天對詩人的恩典。

散文集《時間的玫瑰》之外，北島並有同名的詩集和小詩。

〈時間的玫瑰〉　北島

當守門人沉睡
你和風暴一起轉身
擁抱中老去的是
時間的玫瑰

當鳥路界定天空
你回望那落日
消失中呈現的是
時間的玫瑰

當刀在水中折彎
你踏笛聲過橋
密謀中哭喊的是

時間的玫瑰

當筆劃出地平線
你被東方之鑼驚醒
回聲中開放的是
時間的玫瑰

鏡中永遠是此刻
此刻通向重生之門
那門開向大海
時間的玫瑰

自八十年代，北島與他的《今天》詩刊同志被稱為「朦朧派」，北島對「朦朧詩」這個標籤很反感，認為應該直接叫「今天派」。

但「朦朧詩」一詞自此揮之不去。在《今天》二十多年後寫成的〈時間的玫瑰〉一詩，仍可「朦朧」地讀，作為「朦朧詩」的典範。

這首詩若要逐字逐句去解，是很費勁的。例如第一節「當守門人沉睡／你和風暴一起轉身」是不是寫文革結束時，在

一九七八年底某月某日，北島與芒克、黃銳在北京郊區一間農舍祕密出版《今天》？第二節「當鳥路界定天空／你回望那落日」，是否寫詩人遠走他方，回望革命時代消褪？詩題「時間的玫瑰」是不是指艱難地綻放的詩？

我又想起李商隱的「朦朧」詩句「滄海月明珠有淚，藍田日暖玉生煙」，歷代屢經索解沒有定論，卻就是很動人的詩句。

北島，本名趙振開，筆名的意思是「北方沉默的島」，有沉重感。他的詩中沒有西西那種天真，或者童心在文革中早已磨掉，但他編的一本詩選《給孩子的詩》是暢銷書。

這詩選是因兒子而起：

> 十歲那年，我寫了第一首「詩」——從報紙雜誌上東抄西湊，儘管是陳詞濫調，但對我來說，由文字的排列和節奏，頭一次體會到觸電般的奇妙感覺。

> 在暑假，父親令我背誦古詩詞，多不解其意，幸好有音韻節奏引路。比如，杜甫的《客至》開篇：「舍南舍北皆春水，但見群鷗日日來」，

豁然開朗，心情愉悅。從小背誦古詩詞，歲月沓來，尚有佳句脫口而出——詩歌浸透在血液中。對兒童青少年來說，音樂性是打開詩歌之門的鑰匙。

三年前，我的兒子兜兜剛上小學一年級，被選入普通話朗誦組，準備參加香港學校朗誦節比賽。那天下午，他帶回一首詩〈假如我是粉筆〉。

這首詩讓我大吃一驚——這類普通話訓練教材不僅濫竽充數，反過來傷害孩子們的想像空間。我試著朗誦了〈假如我是粉筆〉，把鼻子氣歪了。好在兜兜不委屈自己，一早就跟老師說：老師，我不想當粉筆。

從此日起下決心，我花了兩三年的功夫，最終編選了《給孩子的詩》，作為送給兜兜和孩子們的禮物。讓孩子天生的直覺和悟性，開啟詩歌之門，越年輕越好。

翻開《給孩子的詩》，先看所選的外國和中國詩人作品的清單，不覺莞爾。北島的詩世界太大而且深了！這不似給孩子的詩，有點像給高中或大學一年級的詩選讀本。

其中只選了一首北島自己小詩，〈一束〉節奏明快，適合孩子誦讀，但要給孩子講解明白卻也是費勁的。詩中所説的「你」，在我和世界之間，可能是指「詩歌」本身。來到末段，「你是鴻溝，是池沼 / 是正在下陷的深淵」，這就不是「給孩子」的了。

我猜北島會説，孩子初接觸詩，就像我們這一代小時候背誦古詩詞，不解其意也不打緊的。

〈一束〉　北島

在我和世界之間
你是海灣，是帆
是纜繩忠實的兩端
你是噴泉，是風
是童年清脆的呼喊

在我和世界之間
你是畫框，是窗口
是開滿野花的田園
你是呼吸，是床頭
是陪伴星星的夜晚

在我和世界之間
你是日曆，是羅盤
是暗中滑行的光線
你是履歷，是書籤
是寫在最後的序言

在我和世界之間
你是紗幕，是霧
是映入夢中的燈盞
你是口笛，是無言之歌
是石雕低垂的眼簾

在我和世界之間
你是鴻溝，是池沼
是正在下陷的深淵
你是柵欄，是牆垣
是盾牌上永久的圖案

從地下到《今天》

從查建英〈八十年代訪談錄〉和田志凌〈《今天》的故事〉兩篇訪問可以讀到《今天》面世那個充滿熱情的年代。它在一九七八年十二月二十三日創刊，北島主編。第一期是手刻蠟板，之後弄來一台很破的油印機。沒錢買紙，芒克和黃銳在各自的工廠偷拿一些，創刊號的紙張顏色都不一樣。買漿糊太貴，就用麵粉放在鐵桶裏熬。三日三夜，創刊號印好了，三人騎單車偷偷張貼在「西單民主牆」、文化出版單位和大學。早上隨後還把三輛單車的牌照號碼改了，用白色水粉在原號碼上添加幾筆。張貼時附有一張白紙供大家留言；張貼後，混到圍觀的人群中觀察讀者的反應。

詩稿的來源很多。從一九六九到一九七八年，地下文學已積累近十年，在北京、河北、福建和貴州等地都有地下的文化沙龍和詩人群落。在北京附近河北白洋淀，下放的「知青」很多是高幹子弟，因著優越的家庭背景，能夠接觸西方文學和俄羅斯文學，禁書稱為「黃皮書」，熱血的知青在地下手抄「黃皮書」，創作不輟。

據北島憶記：

> 當時北京有一個比較大的沙龍，女主人徐浩淵是個傳奇人物。七十年代初，她周圍聚集了一批詩人藝術家，包括依群、彭剛等人，還有根子（原名岳重）、多多、芒克，他們都被稱為「白洋淀詩派」的代表人物。……我所在的沙龍比較小，以我們三個同班同學為主，聚在一起讀書討論，交換作品。後來這些沙龍不斷交錯重組，大家串在了一起。當年多多和芒克兩人就像要交換決鬥的手槍一樣，每人年底要各自拿出一本詩集，看誰寫得好。
>
> 當時北京的地下沙龍，趙一凡是個重要人物。他父親是文字改革委員會的頭頭之一。他從小癱瘓，才氣過人，從他那裏我們借到了很多「黃皮書」。他精力過人，甚麼都抄，很多地下文學作品因此倖存下來，後來發表在《今天》上。
>
> 摘自田志凌〈《今天》的故事〉

查建英問北島，一九八九年前後，地下文學的老友們星散，

曾否有一刻明確地感覺到「一個時代終結了？」北島說，一九八八年他去了英國（當時未在海外定居），那年春天，他聽到趙一凡的死訊，才有這個感覺。因為趙一凡是地下文學的收藏家，為《今天》做了大量幕後工作，為此曾入獄兩年多。

在另一段訪問，可以窺見地下寫作的恐懼。一九七二年初，北島寫了一首詩〈你好，百花山〉，其中有一句「綠色的陽光在縫隙裏流竄」，本來只是寫樹葉透進陽光，但父親一讀便滿臉恐慌，要他馬上燒掉。在那個年代，太陽只能代表最高領袖，只能是紅太陽，怎能是綠色？

文革的地下詩人和詩歌都不少，這兒只錄兩位詩人各自一首詩，而兩首詩都寫於一九六八年。黃翔（1941- ）比北島年紀大八歲，一九五六年到貴陽的工廠當學徒，屬於貴州的詩人沙龍群組；食指（郭路生，1948 - ）比北島年紀大一歲，去了山西杏花村插隊，名作包括〈相信未來〉和〈這是四點零八分的北京〉。

〈野獸〉　黃翔

我是一隻被追捕的野獸

我是一隻剛捕獲的野獸
我是被野獸踐踏的野獸
我是踐踏野獸的野獸

一個時代撲倒我
斜乜著眼睛
把腳踏在我的鼻樑架上
撕著
咬著
啃著
直啃到僅僅剩下我的骨頭

即使我衹僅僅剩下一根骨頭
我也要哽住一個可憎時代的咽喉

〈這是四點零八分的北京〉　　食指

這是四點零八分的北京，
一片手的海洋翻動；
這是四點零八分的北京，
一聲雄偉的汽笛長鳴。

北京車站高大的建築，
突然一陣劇烈的抖動。
我雙眼吃驚地望著窗外，
不知發生了甚麼事情。

我的心驟然一陣疼痛，一定是
媽媽綴扣子的針線穿透了心胸。
這時，我的心變成了一隻風箏，
風箏的線繩就在媽媽手中。

線繩繃得太緊了，就要扯斷了，
我不得不把頭探出車廂的窗櫺。
直到這時，直到這時候，
我才明白發生了甚麼事情。

——一陣陣告別的聲浪，
就要捲走車站；
北京在我的腳下，
已經緩緩地移動。

我再次向北京揮動手臂，
想一把抓住他的衣領，

然後對她大聲地叫喊：
永遠記著我，媽媽啊，北京！

終於抓住了甚麼東西，
管他是誰的手，不能鬆，
因為這是我的北京，
這是我的最後的北京。

食指這首詩寫於一九六八年十二月二十日，現場素描在北京車站，告別母親出發下鄉插隊的情景，下筆細微處令人隱隱心痛。食指寫這首詩時，只有十九歲，天分真是很高。他另一首詩〈相信未來〉迅即被傳抄至北京，江青讀了勃然大怒，點名指示批判，食指墮入政治深淵。一九七三年，他被診斷患上精神分裂病，在北京就醫。一九九〇年起在北京第三福利院生活，每天擦樓道、洗餐具，換取最低的生活費，抽低價的煙。一九九二年，他獲荷蘭詩歌節和英國一所大學邀請，未能成行。二〇〇一年，食指與已故詩人海子（1964-1986）共同獲得第三屆人民文學獎詩歌獎。他沒有因精神病而停止寫作，詩集有《相信未來》、《食指的詩》等。

遲讀也斯

*

我預備好寫也斯，作為此書的終站。我想像，他的性情和文學胸懷夠寬大，可以容納上面八萬字，其中關於「現代漢詩」、「中國現代詩」、「新詩」的種種探索；欣賞各式寫詩的人；和呼應那些有詩的時候。

在預備當中，不止一次，覺得有些不好意思。我在他死後才開始讀他的詩。他去世後，我的兩篇網誌，說明自己遲來，遲到甚麼地步。

第一篇寫於二〇一三年一月七日，就是蔡炎培寫「也斯復活」那兩首詩的前一天。

〈也斯逝世〉

周日與妻外出辦點事，吃過飯，回家各自開電腦工作。忽然她說：也斯昨晚走了。我應道，哦。

他患的肺癌嚴重，看西醫也看中醫。月前妻說
在學校見到他，瘦了很多，精神還好。我率直
說，時日差不多了。

聽聞他去世，第一個念頭是想起我的大姊。一
樣的病，兩年多前去世。恰巧的是，昨晚我夢
見大姊，而這只是她去世至今的第二次。夢中
是月夜，放一個新奇的迷你風箏，手掌大小，
在月亮邊閃閃發光飄舞。第二個念頭是，我沒
有怎麼讀過也斯的詩。或者要去借一本來讀。

摘自「區聞海小記」

在前面寫溫健騮時，提及過我初接觸新詩是通過大姊。在
六十年代香港青年的文藝結社活動蓬勃，大姊在其中如魚得
水。她應該不認識也斯，但在我心目中他們的世界是連接
的。夢中那個新奇的迷你風箏在月亮邊飄舞，或者並非巧合
的映像。

第二篇網誌寫於同年一月十五日。前一晚，與妻出席了悼念
也斯的紀念會。我寫的時候，當它是喪禮，其實不是。

〈兩天兩個喪禮〉

接連去了兩個喪禮，昨晚是也斯，前晚是一位遭遇厄運的女醫生。她比也斯年少二十六歲，差不多就是他的女兒的年紀。在也斯喪禮，許多，真的許多好友和學生用許多詩歌、音樂，和 affectionate 的小故事，共同呈現那個充滿生命與文學的不平凡的詩人。葉輝說，他還是散文和小說家、文學評論家、文學教育家、跨媒體的人文的藝術家，以及認真細心閱讀世界和閱讀文字的讀者。

他們用兩天就為他趕製一本非常典雅溫文和簡潔的悼念冊，裏面載有無盡的親近和思念之情。

這是一個不一樣的喪禮，我從沒有在喪禮聽過那麼多誦詩！然而令我感動得有點激動的，還不是也斯的詩作，那是他的女兒噙著淚誦念的一首英文詩，她寫的，情與韻合一。來到一節，她念道，「你總是這樣疼我／我甚至不會做湯／你也不曾寄望我會」，讓人柔腸百轉。

就在這一刻我想起前一晚，那位與也斯女兒差不多年紀的年輕女醫生。也斯的喪禮充滿文學顏色和人間滋味，是一幅看不厭的油畫；女醫生的喪禮上，大家都無語，像留白的中國畫。她遺下很多懷念她的同事、病人，一個姊姊，一個母親。

她的母親在悼念的小單張上寫了百來字，向天父低問：「我不能理解為何她這麼快就要離去，不可以在世間多留一會⋯⋯除非你要她做為祢的工具，去救贖更多世人⋯⋯」。

這令我心弦一震。乘的士去喪禮的路上，我就在想，如何接受這樣的厄運？除非，你接受，人生於世間，就是天地的一件器皿（vessel），盛載滿了，便送走。

寂靜時刻

也斯交很多朋友，活得特別充盈，用陳詞濫調說，人生多姿彩。他的詩常在試驗，細寫人間豐富的滋味。我遲來閱讀，首先窺看的，卻是他一些靜處、靜觀時刻。

〈茶〉　也斯

沒有一張臉孔

從茶杯裏浮上來

只是茶葉桿子豎著

說友人到訪

數暖棕色茶上的點點燈光

靜默中飄滿眼睛

一雙雙夏日的星

從天的前門來

又自雲的後門去了

彼此相隔了這麼多浮泛

沒有靜下來

對飲的一刻
偶然的相見相感
猶似遙遠的茶香飄忽
手只獨自舉起
杯中的影子晃動
茶香中總有苦澀呢
杯底的茉莉瓣
或聚或散成圖

與王良和對談中，也斯回想寫這首詩的情景：

開始出來工作很忙，所以我很珍惜靜下來的時
間。詩，就是在日常生活中找能靜下來的時間
去整理感情，讓自己在沉靜中凝聚一些感覺，
再把這些感覺慢慢編織起來。那時，許多朋友
都很忙，有些移民了，有些離去了，大家都好
像沒有時間坐下來喝喝茶，聊聊天，令我感到
有點無奈，就產生懷念朋友的感覺。但又不單
是懷想，或哀悼，或哀愁，因為聚散本身就是
一種模式，是可以欣賞的，是生活的一種，不
是說聚就快樂，散就悲哀⋯⋯

摘自王良和《打開詩窗：香港詩人對談》

〈茶〉應是寫於七十年代初。一九七〇年，也斯畢業於香港浸會學院（香港浸會大學前身）外文系，一九七二年創辦文學雜誌《四季》，任《文林》文學藝術雜誌編輯。一九七三年任《中國學生周報》「詩之頁」編輯。一九七五年創辦《大拇指周報》（1975-1987），一份深具影響力的綜合文藝刊物，任總編輯至一九七八年赴美國修讀比較文學博士學位。

另一首詩靜觀的對象是電車和電車廠，也寫於七十年代初，孤寂感摻入若有若無的苦悶，在也斯詩作中是少見的，我直覺是詩人是感應著文革火紅時代、舉國（包括香港）激情底下的沉重冷寂。

〈寒夜・電車廠〉　　也斯

燈光嵌在寒冷的黑暗中
最高的一盞
是月亮
高樓的峽谷外
車輛奔湍的流水
經過嶙峋的岩石
又激起點點水花
燈光

嵌在寒冷的黑暗中

洶湧的奔湍的流水

冷得發抖還在歌唱的馬達

轉進峽谷

一輛孤獨的電車

轉進電車廠

在轉角處擦出一閃青色的光芒

然後又消失了

一輛孤獨的電車

暗綠色的身體裏透著微光

像一個千眼的燈籠

在路軌上緩緩滑行

像一個燈籠在水上飄流

然後凝止

成為一塊石

暗綠色的身體裏透著微光

在路軌上

一輛又一輛的電車

從燈光燦爛處駛進來

凝定

在佈滿小食檔的檔街

和潮濕昏暗的小巷旁邊

我們的電車駛進來

司機懶洋洋地跨過軌道下的小坑

深陷的寒冷

隔一條街道外

蒼白的街燈

一盞一盞

電車廠的後門外

猶有風馳的汽車駛上天橋

遠去

燈光嵌在寒冷的黑暗中

偶然

掉下

一盞

恐怕是碎成流水

於是又多一盞黑暗

寒冷

使霓虹燈張嘴時

吐出一團霧氣

隱沒了唇的肌膚

在不遠的地方

又一輛孤獨的電車

轉過彎角

擦出一閃青色的光芒

七四年二月

蓮葉田田

也斯在一九八四年從美國回港，自言有一個比較大的 culture
shock，震撼比離開香港到美國更大，許多人事改變了，政治、
社會的感覺也改變。回家了，但找不到原來那種家的感覺，
好像到了異地。這時期寫《蓮葉》系列，其中有牢騷和感慨，
但我很喜歡他創作背後的想法：

> 那時我面對著當時一些奇怪的想法，或是文化
> 的震撼，想去回應，但又自覺不是主流或強勢
> 的意見，只能在旁思考，因此我想寫許多種葉、
> 許多種不同的立場，既有懷疑亦想去肯定一些
> 甚麼。

> 摘自王良和《打開詩窗：香港詩人對談》

《蓮葉》系列中，〈邊葉〉寫站在邊緣的葉子，與一九八四、
八五年中英草簽聯合聲明，啟動香港回歸過渡的氛圍有些關
係；〈鄰葉〉寫澳門處境；〈異葉〉寫自殺於異域的詩人顧城；
〈冕葉〉含有自己的宣言。

我愛〈辨葉〉，英譯為「The Distinguished Leaves」，「你」從英國回來，懷想那邊文化的好，「我」不識回答，高與低是否就這樣分辨。優越，下面有蒼生。

〈辨葉〉　也斯

田田的蓮葉裏有不同的品種
我們站在池邊談天，你伸出手
劃過層層俯伏的綠葉，指向
擎起渾然珍珠的天鵝絨寶托
彷彿皇者睥睨底下深淺的青青
你說想不到路過還有可看的風景

最懷念倫敦灰濛濛的黃昏，你回想
喝著濃烈的紅茶，對著冷清的壁爐
閒話老書店那兒有韻味的陰沉，珍貴
而又微微發霉耐書香……我點頭聆聽

去日和今朝的事一時不知如何細說
這時風吹葉叢，沙沙的聲音恍如學童
強誦異國的生字，駁雜的言語說不清楚
高枝晃蕩，下面的蒼生勉力把它拱起

讀著《蓮葉》系列的時候，覺得與自己有些相關。也斯留學美國生活六年後，於一九八四年回港；而我在美國八年，一九八二年回港。他憶述留美與返港，感受兩回「文化的震撼」，我也曾輕輕地經驗過。

也斯一九七八年赴美時已是文學健將，我一九七四年到布朗大學唸書，才開始接觸人文學科和讀一些古詩。在古詩中，漢代佚名詩人的小詩〈江南〉寫蓮葉和自由自在的魚，是我鍾愛的一首：

〈江南〉　漢代・佚名

江南可采蓮，
蓮葉何田田！
魚戲蓮葉間。
魚戲蓮葉東，
魚戲蓮葉西，
魚戲蓮葉南，
魚戲蓮葉北。

這小詩最初或者是民間歌謠，蓮葉東西南北都是魚兒遊戲的自在空間；「蓮葉何田田」卻是永恆的詩句，令千年後的詩人神往。

想起〈蓮的聯想〉

蓮葉田田也自然讓我想起余光中〈蓮的聯想〉。當年我從余光中這首詩開始進入新詩世界，其實對余光中創作《蓮的聯想》系列的時空背景和心路歷程完全無知。但它感動我。

〈蓮的聯想〉　余光中

已經進入中年，還如此迷信
迷信著美
對此蓮池，我欲下跪

想起愛情已死了很久
想起愛情
最初的煩惱，最後的玩具

想起西方，水仙也渴斃了
拜倫的墳上
為一隻死蟬，鴉在爭吵

戰爭不因海明威不在而停止
仍有人歡喜
在這種火光中來寫日記
虛無成為流行的癌症
當黃昏來襲
許多靈魂便告別肉體

我的卻拒絕遠行，我願在此
伴每一朵蓮
守小千世界，守住神秘

是以東方甚遠，東方甚近
心中有神
則蓮合為座，蓮疊如台

諾，葉何田田，蓮何翩翩
你可能想像
美在其中，神在其上

我在其側，我在其間，我是蜻蜓
風中有塵
有火藥味，需要拭淚，我的眼睛

余光中在一九五八年赴美國愛荷華大學進修一年，在這前後，他的詩作和理論正在醞釀重大轉變。深度研讀艾略特令他反省之前在臺灣的現代詩論爭的枉然。臺灣政治大學研究生廖敏村在其碩士論文探析：「一年的美國經驗讓余光中眼界大開，卻也憂鬱深沉……遠離國境，讓他可以從不同的地理空間回看島上的紛爭，也因為空間的疏離，讓他反省到現代社會的荒蕪與疏離。幾經思考，余光中尋找出的突圍策略是加入了文化書寫，以時間縱深來改寫現代主義習慣的空間書寫。」

在五十年代中期，年輕的余光中與前輩的紀弦論戰，反對紀弦激進的「橫的移植主張」。六十年代初，臺灣詩壇進入反傳統高潮，余光中一九五九年回臺灣後大聲疾呼「新詩是反傳統的，但不準備，而事實上也未與傳統脫節。」他身體力行，在一九六一年二月創作共十首的長詩《天狼星》，一方面總結現代詩人的成就，一方面嘗試接續傳統與現代。

洛夫是詩壇前輩，以長詩〈石室之死亡〉領臺灣風騷。他批評《天狼星》，認為這組詩欠缺完整的象徵，內容近似傳統的敍事式史詩。洛夫更嚴厲地判斷：從「詩質」的要求出發，《天狼星》未算是是一首合格的現代詩。

余光中曾經不服氣，撰文自辯，但最終承認《天狼星》並非成功的試驗，日後作了頗為大幅修改再發表。

經洛夫棒喝，余光中重新思索創作的可能性，「以一篇〈再見・虛無〉宣告將與現代主義的表兄、表弟們分道揚鑣。」一九六二年五月，他發表〈論明朗〉一文，為往後的路線定調。從此之後，余光中的詩很少晦澀難懂。

寫〈論明朗〉時是夏季，余光中從早一年秋天開始的《蓮的聯想》系列創作進入高潮。《蓮的聯想》總共有三十首詩，二十五首寫於一九六二年，尤其集中於夏天。夏天是蓮的季節，也是情人眺望廝守的季節，更是串連起傳統與現代、充滿新生的季節。從《蓮的聯想》，余光中的創作重新回到以個人真實生命為重心。

上一節本在談也斯的《蓮葉》系列，不期然間追溯到漢代佚名詩人〈江南〉詩中的蓮葉，又岔開去談余光中〈蓮的聯想〉。三首詩各自有「蓮葉田田」，一起讀來，可以看見余光中古典走出來，走了多遠；也斯又從余光中六十年代那個現代詩的世界走出多遠。而且，對詩的想法多麼不同。也斯說的對：田田蓮葉，可以有很多種。

只看一斑

我看也斯，總是注意與自己的情懷相關的一面。我猜想，其他人看也斯，或是任何人看任何一個有豐富創作生命的詩人，也難免如此。吳風編《也斯卷》不以創作時期排列也斯的詩，而是以主題分為十二類，難得地完整。以上我選取也斯的三首詩也只沾上其中三類。若仍以創作時期看，三首詩全是八十年代及以前的作品，看不見他之後許多詩，許多實驗。

蔡炎培擊節讚賞也斯在千禧年後的《北京的情詩》。這是共十一首的組詩。蔡炎培說，「現代詩走到今天，越來越平白如話，我想這條路是健康的。依我看來，這幾乎關係到整個新文學運動的成敗。再說，新世紀伊始，全球快要進入一體化，我想有而且只有詩，是我們唯一可以抗拒的有效武器，不致墮入此一布弈者的可怖網羅。我有信心，只消我們再努力一點點，邊緣即是中心也說不定。」）

他特別欣賞第九首：

〈現代城〉 也斯

三環路堵車只好走四環路
真不容易到達現代城
露著肩膀的你從計程車後座看我一眼
模糊的影子在轎車黑玻璃後看我一眼
我性格也急，一堵車就焦急
不知該怎樣趕來會你
左拐右拐，繞過許多好像跟你沒有甚麼
關連的事物來會你
應該走這條路還是那條路？
你在希臘的神廟羅馬的廊柱後面等著我
你在菩薩和喇嘛的旁邊等著我
真不容易到達你
我要繞過所有的餃子店和小舖
所有跟你無關的四川牛肉麵來會你

六月十七日

詩中的「你」是北京，整個大中國的象徵。詩情是對中國這座現代城的焦急，「不知該怎樣趕來會你」。

也斯患病前的新近作品中，我愛的是二〇一〇年寄法國詩人朋友 Sandrine 和孩子 Merlin 的一首詩，在一瞬間回歸到漢代佚名詩「魚戲蓮葉間」的心情。這裏還載有返璞歸真的文學想法。

〈喜歡魚的孩子——給 Sandrine and Merlin〉
也斯

孩子喜歡魚在水中游來游去
孩子不喜歡裝置藝術家
搭出一個個格子故弄玄虛
在故宮博物館搭出廉價旅館
播映私人錄像，展現壓抑性向
孩子不欣賞，至也不覺得
與宋美齡遊紫禁城有甚麼好笑
（我本來倒覺得蠻幽默的）
孩子不欣賞典故、反諷與借喻
孩子喜歡魚在水裏游來游去
我倒開始有點慚愧了
我們為甚麼老要孩子看這些東西呢？
孩子孩子
不要悶壞了

我記得這座古老陰森悶死人的大樓裏

曾經有些長鬍子的老伯伯

畫過一些活生生的魚兒

高高興興地游來游去

不要悶壞了，孩子

讓我幫你把他們找出來

二十世紀中國新詩經歷了很多很多，誕生茁長已有無數爭論，抗戰與革命是不能承受的重擔；還有詩派、主義的分裂，中國與西方傳統都是沉重的行李。來到這一處，也斯向孩子、也是向全世界說，不要悶壞了！

與上兩部分的結尾一樣，來到這兒，點算一下這部分引錄過的詩（全首或部分），共五十三首。全書三部分合計，共一百二十一首。

【第三部分】選錄的詩：

温健騮　　　　　〈力〉

　　　　　　　　〈我愛〉

　　　　　　　　〈和一個越戰美軍的對話〉

余光中　　　　　〈鄉愁〉

　　　　　　　　〈江湖上〉

　　　　　　　　〈白玉苦瓜〉

　　　　　　　　〈紗帳〉

　　　　　　　　〈蓮的聯想〉

瘂弦　　　　　　〈紅玉米〉

　　　　　　　　〈鹽〉

　　　　　　　　〈如歌的行板〉

洛夫　　　　　　〈邊界望鄉〉

　　　　　　　　〈清明：西貢詩抄〉

　　　　　　　　〈登黃鶴樓 —— 寄湖濱詩人 T.C.〉

紀弦　　　　　　〈無題〉

　　　　　　　　〈在地球上散步〉

　　　　　　　　〈戀人之目〉

　　　　　　　　〈傍晚的家〉

　　　　　　　　〈鳥之變奏〉

　　　　　　　　〈火葬〉

　　　　　　　　〈火與嬰孩〉

後記

遺珠與滄海

來到書之末，還是要不厭其煩地說，這書談的中國現代詩人不到四十位，選他們的詩只有一百餘首，一點也不全面，不止是滄海遺珠，簡直是取珠而遺滄海。

這樣絮聒，有點像是銷售產品說明書上面那些免責聲明（disclaimer）吧？不，是真的想讀者知道我遺漏了甚麼。下面以幾首詩為例說明，也算是少許補遺。

臺灣詩人周夢蝶（1921-2014），詩如其名，閃爍著莊子，還有佛家的智慧。他終身貧困自甘，三十九歲後一直在咖啡屋騎樓下擺舊書攤維生。同年自費出版處女詩集《孤獨國》。

其中有這一首，如此有情：

〈剎那〉　周夢蝶

當我一閃地震慄於
我是在愛著甚麼時，
我覺得我的心
如垂天的鵬翼
在向外猛力地擴張又擴張⋯⋯
永恆——
剎那間凝駐於「現在」的一點；
地球小如鴿卵，
我輕輕地將它拾起
納入胸懷。

周夢蝶是重要的中國現代詩人，我也喜歡他的詩，只是因為
順著此書的發展，沒有找到自然的一點，能把他納入敍述之
中。

還有，遺漏了崑南、多多、鄭愁予⋯⋯

另一類遺漏，是選了詩人，但缺了他一些有代表性的詩，因

而令詩人的整體氣味失真。例子是蔡炎培。他的情詩寫生命中一些女子，以文字撫摸著，重現親密感覺，sensual 得很，是獨特性格。本書選他的詩，會否嫌太正經，不解溫柔？補一篇：

〈吸煙的女子〉　　蔡炎培

星星點著星星的火焰
「這個女孩子很秀氣哦──」
我暗暗發笑。姑丈看見了
連忙改口道：「如果是個男孩子……」

我細細衡量她和我親密無間的距離
煙圈之內有你
你自火焰中升起
帶著她沉下　沉下沉下
我的詩歌不可能寫得更好或更壞

二〇〇六年早春

另一大欠缺，是寫到也斯戛然而止，一九四九年之後出生的當代詩人全缺席了。這更沒有道理可言，勉強可以說，我沒

有能力處理這樣「年輕」的當代。於是缺了于堅、顧城、歐陽江河，臺灣的林婉瑜，香港的廖偉棠、鍾國強等。

要處理一九四九年之後出生的當代詩人，當不可遺漏顧城（1956-1993）。顧城是天才型詩人，自我中心，有精神問題，最後自縊死於異地，還砍死妻子謝燁。他死時才三十七歲。我不太願意進入他的詩境，但他一首早年的小詩寫人的疏離感覺，真是好。

〈遠與近〉　顧城

你，
一會看我
一會看雲。

我覺得
你看我時很遠，
你看雲時很近。

遺漏的詩人之中，有兩位要特別一提。于堅在昆明、飲江在香港，詩作自成一格，都值得細讀。他們各有一首懷念父親的詩，于堅寫讀到父親的政治檔案，發現父親並不平常；飲

江寫父親，卻從最平常的生活點滴著手，飯桌、飛蟻、燈和水。

兩首詩都不短，放在一起並排而讀，讀者可以試著分辨兩個很不同空間。

本書的開始，恰好也是從冰心懷念父親的詩開始的。試想一想，從冰心的第一代白話詩，來到于堅與飲江，才大半個世紀，中國新詩經過多少時代變遷、走了多遠？像懷念父親這些真實詩情，在百年時空之中卻又多麼近乎永恆。這樣想時，更請慢讀。

〈感謝父親〉　　于堅

一年十二月
您的煙斗開著罌粟花
溫暖如春的家庭　　不鬧離婚
不管閒事　　不借錢　　不高聲大笑
安靜如鼠　　比病室乾淨
祖先的美德　　光滑如石
永遠不會流血　　在世紀的洪水中
花紋日益古樸
作為父親　　您帶回麵包和鹽

黑色長桌　您居中而坐

那是屬於皇帝教授和社論的位置

兒子們拴在兩旁　不是談判者

而是金鈕扣　使您閃閃發光

您從那兒撫摸我們　目光充滿慈愛

像一隻胃　溫柔而持久

使人一天天學會做人

早年您常常胃痛

當您發作時　兒子們變成甲蟲

朝夕相處　我從未見過您的背影

成年我才看到您的檔案

積極肯幹　熱情誠懇　平易近人

尊重領導　毫無怨言　從不早退

有一回您告訴我　年輕時喜歡足球

尤其是跳舞　兩步

使我大吃一驚　以為您在談論一頭海豹

我從小就知道您是好人　非常的年代

大街上壞蛋比好人多

當這些異教徒被抓走、流放、一去不返

您從公園裏出來　當了新郎

一九五七年您成為父親

作為好人　爸爸　您活得多麼艱難

交待　揭發　檢舉　密告

您幹完這一切　夾著皮包下班

夜裏您睡不著　老是側耳諦聽

您悄悄起來　檢查兒子的日記和夢話

像蓋世太保一樣認真

親生的老虎　使您憂心忡忡

小子出言不遜　就會株連九族

您深夜排隊買煤　把定量油換成奶粉

您遠征上海　風塵僕僕　採購衣服和鞋

您認識醫生校長司機以及守門的人

老謀深算　能伸能屈　光滑如石

就這樣　在黑暗的年代　在動亂中

您把我養大了　領到了身份證

長大了　真不容易　爸爸

我成人了　和您一模一樣

勤勤懇懇　樸樸素素　一塵不染

這小子出生時相貌可疑　八字不好

說不定會神經失常或死於腦炎

說不定會亂闖紅燈　跌斷腿成為殘廢

說不定被壞人勾引　最後判刑勞改

說不定酗酒打架賭博吸毒患上愛滋病

爸爸　這些事我可從未幹過　沒有自殺

父母在　不遠遊　好學習　天天向上
九點半上床睡覺　星期天洗洗衣服
童男子　二十八歲通過婚前檢查
三室一廳　雙親在堂　子女繞膝
一家人圍著圓桌　溫暖如春
這真不容易　我白髮蒼蒼的父親

〈飛蟻臨水〉　　飲江

風雨前夕
就多飛蟻
父親說
端盤水來吧
哥哥便拖了木屐
噠噠走進廚房裏

我們看父親
跨上桌椅
解下鈎上的電線
把燈泡低垂
於是母親
熄掉別的

所有的燈
我們圍攏
唯一的光源裏
飛蟻蓬亂紛飛
我們一家子的眼睛
水紋上莫名地閃
莫名地笑

許多年過去
父親像一隻飛蟻
飛進另一盤水裏
而我們離開故居
許久沒聽見
木屐的聲音了

小女兒和兒子問起
是爺爺想出的主意麼
人傷感了
一時便不懂得回答
也叫他們
端盤水來
請嫲嫲安坐廳中

然後，把所有的窗打開
把所有的燈熄滅

不是風雨前夕
自然不見飛蟻蓬飛
但我們倒喜歡
點一盞燈
低低垂近水面
聽嫲嫲搖著蒲扇
述說兒時光景
孩子們的眼睛
也像當年我們的眼睛
奇異地閃
奇異地笑

是許多年前的一個夜麼
是許多年後的一盤水
我們像飛蟻飛來
也會像飛蟻飛去
在燈光的下面
在燈光的上面
水紋裏我們看見

自己的眼睛
一家子快樂的眼睛
和曾經蕩漾
又永恆地蕩漾

至愛的眼睛

參考文獻

書籍

卞之琳：《雕蟲紀歷：1930-1958》（增訂版），香港：三聯書店，1982年。

卞之琳：〈《馮文炳選集》序〉，《人與詩：憶舊説新》，北京：三聯書店，1984年。

卞之琳：〈完成與開端：紀念詩人聞一多八十生辰〉，《人與詩：憶舊説新》，北京：三聯書店，1984年。

卞之琳：〈冼星海紀念附驥小識〉，《卞之琳文集》中卷，安徽：教育出版社，2002年。

北島：《時間的玫瑰》，香港：牛津大學出版社，2005年。

北島：《古老的敵意》，香港：牛津大學出版社，2012年。

王一桃：〈現實主義與香港文學〉，黃維樑主編：《活潑紛繁的香港文學：一九九九年香港文學國際研討會論文集（下）》，香港：香港中文大學出版社，2000年。

王良和：《打開詩窗：香港詩人對談》，香港：匯智出版，2008年。

朱棟霖、丁帆、朱曉進編：《中國現代文學史（1917-1997）》（上冊），北京：高等教育出版社，1999年。

江弱水：〈《文本的肉身》試讀：商籟新聲—論現代漢詩的十四行體」〉，《現代詩人叢論：中西同步與位移》，安徽：安徽教育出版社，2003年。

余光中：《萬聖節》，臺北：藍星詩社，1960 年。

余光中：〈評戴望舒的詩〉，《青青邊愁》，臺北：九歌，2010 年。

邱景華：〈鄭敏《詩人與死》細讀〉，吳思敬主編：《詩探索 2013 年第 1 輯》（理論卷），桂林：漓江出版社，2013 年。

邵燕祥：《邵燕祥散文集》，北京：人民文學出版社，2009 年。

李瑞騰：《詩心與詩史》，臺北：秀威出版，2016 年。

林賢治：《中國新詩五十年》，桂林：漓江出版社，2011。

施蟄存：〈引言〉，戴望舒、梁仁編：《戴望舒詩全編》，浙江：浙江文藝出版社，1989 年。

唐湜：《九葉詩人：中國新詩的中興》，上海：上海教育出版社，2003 年。

馬悅然、奚密、向陽主編：《二十世紀臺灣詩選》，臺北：麥田，2005 年。

陳智德編：《香港文學大系 1919-1949：新詩卷》，香港：商務印書館，2014 年。

曹明倫譯：《佛羅斯特永恆詩選》，臺北：「愛詩社」出版，2006 年。

張香華：《偶然讀幾行好詩》，臺北：遠流，2006 年。

張建智：《絕版詩話：民國詩集風景》，臺北：秀威出版，2016 年。

黃燦然：〈穆旦：讚美之後的失望〉，《必要的角度》，香港：素葉出版社，1999 年。

程光煒：〈第十九章穆旦與西南聯大詩人群〉，程光煒、吳曉東等編著：《中國現代文學史·下編（1937～1949 年）》，北京：中國人民大學出版社，2007 年。

黃淑嫻、許旭筠編：《告別人間滋味》，也斯記念特刊，2013 年。

黃文輝：〈穆旦詩歌體用語及悖論修辭探討〉，李怡、張堂錡主編：《民國文學與文化研究：第二輯》，臺北：秀威出版，2016 年。

瘂弦：《中國新詩研究》，臺北：洪範，1981 年。

葉維廉：《晶石般的火焰：兩岸三地現代詩論》（下冊），臺北：臺大出版，2016年。

鄭蕾：《香港現代主義文學與思潮》，香港：中華書局，2016年。

廢名：《新詩十二講：廢名的老北大講義》，遼寧：遼寧教育出版社，2006年。

穆旦：〈一個中國新詩人〉，原載英國倫敦《Life and Letters》1946年6月號，和北平《文學雜誌》1947年8月號；收入《穆旦詩集（1939-1945）·附錄》，瀋陽，1947年。

馮至：〈一個消逝了的山村〉、〈昆明往事〉，高遠東編選：《馮至代表作》，北京：華夏出版社，1999年。

蔡炎培：《代寫情書》，香港：風雅出版社，2010年。

蔡炎培：〈讀詩札記：梁秉鈞《北京的情詩》〉，《小說·隨筆·詩》，香港：風雅出版社，2011年。

盧瑋鑾：〈災難的里程碑──戴望舒在香港的日子〉，盧瑋鑾、鄭樹森編：《淪陷時期香港文學作品選──葉靈鳳、戴望舒合集》，香港：天地，2013年。

Jeremy Noel-Tod, Ian Hamilton (eds.) *The Oxford Companion to Modern Poetry in English*, 2nd edition, Oxford, 2013.

論文

王家新，〈穆旦：翻譯作為倖存〉，《江漢大學學報（人文科學版）》，第28卷，第6期，2009年12月，5-14頁。

武淑蓮：〈雅言素語解詩者──試析李廣田的創造性批評〉論文。

高恒文：〈現代的與古典的──論廢名的詩〉，《文藝理論研究》，2006

年第 6 期，109-111 頁。

陳智德：《論香港新詩 1925-1949》，香港嶺南大學哲學博士學位論文，2004 年。

張松建：《中國四十年代現代主義詩潮新論》，新加坡國立大學中文系博士論文，2005 年。

曾進豐，〈荒謬世界的孤獨者——論商禽詩的死亡意識〉，《成大中文學報》第 48 期，2015 年 3 月，頁 121-152。

楊宗翰：〈九葉詩派與臺灣現代詩（上）〉，《臺灣詩學季刊》，1997 年 12 月第 21 期，頁 156-161。

廖敏村：《文星時期的余光中》，臺灣政治大學國文教學碩士論文，2014 年。

報刊、網頁

丁士風：〈卞之琳在延安與抗戰前線〉：http://www.jshmzc.com/hmzc/wh/content/aaca1911-6243-4610-aac3-2b62b4a6a163.html

文心社：〈關於瘂弦〉，「文心社」網頁，2011 年 8 月 29 日：http://wxs.hi2net.com/home/blog_read.asp?id=4452&blogid=57947

王幅明：〈詩人瘂弦的弦外之音〉，「王幅明」網誌：http://blog.sina.com.cn/s/blog_461363910102vepj.html

王聖思：〈做人第一寫詩第二——記著名詩人辛笛〉，清華校友網，2012 年 10 月 16 日。

王聖思：〈追憶父親辛笛最後一百天〉，《中國評論月刊》網絡版，2012 年 10 月 20 日。

王俊逸：〈小思談香港南來文人：靈根自植　花過飄零〉，《橙新聞》網頁，

2015 年 12 月 29 日。

如箏，〈零落成泥，其香如故：《白色花》出版軼事〉，《隨筆》2015
年第 6 期。

邵燕祥：〈我讀王辛笛〉，《中國評論月刊》網絡版，2012 年 10 月 20 日。

吳心海，〈梁愛詩的父親到底是誰〉，《南方都市報副刊 》，2014 年 11
月 12 日。

吳亞順：〈里爾克神話：單相思、藥方與詩歌現代性〉，《新京報》，
2016 年 2 月 27 日。

余瑋：〈余光中：「望鄉牧神」的悠悠「鄉愁」〉，《時代郵刊》2015
年第 8 期。

邵唯：〈冰心愛大海 〉，載於 http://shszx.eastday.com/node2/node4810/
node4851/node4864/u1ai67764.html

林楮墨、小允：〈一時為詩，一世為人──瘂弦與《瘂弦詩集》 〉：
http://chuansong.me/n/353315251148

侯虹斌：〈詩人鄭敏：人是需要知識良心的 〉，《南方都市報》，2006
年 3 月 8 日。

若琴：〈又是一片碧綠──懷念父親綠原〉，《隨筆》，2009 年 10 月。

洪燭：〈食指：詩人飛越瘋人院〉，「洪燭」網誌，2016 年 12 月 30 日：
http://blog.sina.com.cn/s/blog_4a62bfcf0102x5qx.html

陳穎怡：〈論溫健騮詩中自我意識的省察與表現〉，《香港獨立媒體》，
2012 年 5 月 13 日：http://www.inmediahk.net/ 論溫健騮詩中自我意識的省
察與表現

陸雲紅：〈鄭敏：哲學是詩歌的近鄰〉，《深圳特區報》，2013 年 4 月 16 日。

孫瑞珍：〈陳敬容 〉：http://www.360doc.cn/article/22201879_454377045.
html

莊紫蓉，〈追求音樂與繪畫的詩境──詩人林亨泰專訪〉，「吳連三

臺灣史料基金會」網頁，1997 年 7 月 16 日：http://www.twcenter.org.tw/thematic_series/character_series/taiwan_litterateur_interview/b01_8001/b01_8001_1

許定銘：〈柳木下　歸海天的詩人〉，「香港文化資料庫」網站，2014 年 8 月 8 日：http://hongkongcultures.blogspot.hk/2014/08/blog-post_8.html

張新穎：〈穆旦在芝加哥大學——成績單隱含的資訊及其他〉，載於：http://mjlsh.usc.cuhk.edu.hk/book.aspx?cid=7&tid=5&pid=44&aid=46

須文蔚，〈臺港共同引領現代主義文學的 1950-1960 年代〉：http://journal.ndhu.edu.tw/e_paper/e_paper_c.php?SID=43&print=friendly

馮會玲：〈鄭敏：哲學在左，詩在右〉，《先生》第五期：https://read01.com/zh-hk/xK264O.html#.WbiystKCyM8

黃茜：〈詩的翻譯本來就很難，何況翻譯奧登這樣的巨匠——《奧登詩選：1927-1947》校譯者王家新訪談〉，《南方都市報數字報》，2014 年 8 月 24 日。

楊宗翰，〈臺灣《現代詩》上的香港聲音——馬朗・貝娜苔・崑南〉，《創世紀詩雜誌》第 136 期，2003 年 9 月，頁 140-148。

楊宗翰，〈曖昧流動，緩慢交替——「臺灣當代十大詩人」之剖析〉，http://www.fgu.edu.tw/~wclrc/drafts/Taiwan/yang-z/yang-z-20.htm

楊説，〈海上天下的人間情懷：論柳木下〉，《立場新聞》2015 年 1 月 23 日：https://www.thestandnews.com/culture/ 海上天下的人間情懷 - 論柳木下，原載《聲韻詩刊》。

楊迎平，〈施蟄存與三十年代的詩歌革命——兼談與戴望舒的友誼〉，中國文學網。

楊建民：〈卞之琳為何埋怨沈從文？〉，轉載自「中華讀書報」微信公眾號（zhreading）：https://read01.com/dGdxP.html#.WbikYtKCyM8

董橋：〈張充和耶魯書展〉，《蘋果日報》副刊，2009 年 5 月 10 日。

葉輝：〈用腳思想的變調之鳥〉，《文匯報》，2011 年 9 月 16 日。

趙大偉：〈「為詩而活」，臺灣百歲詩人紀弦去世〉，《南方都市報》，2013 年 7 月 28 日。

趙曉彤，〈鷗外鷗是一個極端現實主義者〉，《立場新聞》2015 年 3 月 5 日：https://www.thestandnews.com/culture/ 鷗外鷗是一個極端現實主義者讀 - 鷗外鷗之詩，原載《聲韻詩刊》。

趙曉彤：〈瘂弦：我仍在寫故鄉〉，《明報副刊·星期日文學》，2016 年 3 月 20 日。

廖偉棠：〈西西：地球無可救藥，人類還有希望〉，《時代周報》第 162 期，2012 年 1 月 5 日。

廖偉棠：〈西西的詩實驗〉，「廖偉棠」網誌，2015 年 3 月 12 日：http://blog.sina.com.cn/s/blog_64ff12ef0102vhpi.html

鄭敏：〈恩師馮至〉，《光明日報》，2014 年 7 月 16 日。

鄭敏口述、王晶晶採訪整理：〈九葉派唯一健在詩人鄭敏：幸運在西南聯大，遺憾也在西南聯大〉，《環球人物》，2015 年 6 月 11 日。

熒惑：〈洛夫：我的宗教就是詩〉，《立場新聞》，2016 年 1 月 27 日：https://www.thestandnews.com/culture/ 洛夫 - 我的宗教就是詩，刪減版本以《洛夫專訪：互聯網時代詩歌不死》為題刊登於 2016 年 1 月 26 日《經濟日報》副刊。

劉子超，〈阿壠：我可以被壓碎，但絕不可能被壓服〉，《南方人物周刊》，2010 年 7 月 9 日。

劉紹銘：〈流在香港地下的血〉，《蘋果日報》副刊，2013 年 8 月 11 日。

劉紹銘：〈無端來作嶺南人〉，《蘋果日報》副刊，2013 年 8 月 18 日。

臧棣：〈一首偉大的詩，可以有多短〉，「詩中國」網頁：http://www.poemchina.net/bencandy.php?fid=4&id=1015

霍燕妮：〈周海嬰披露魯迅生活秘聞：我的出生是意外〉，《人民網》，2006 年 10 月 15 日。

駱友梅：〈猶有詩懷憶舊時——知心讀者寫偶像詩人王辛笛〉，《蘋果日

報》副刊，2012 年 2 月 5 日。

蔡登山，〈作為詩人與翻譯家的穆旦〉，載於全國新書資料網：http://
isbn.ncl.edu.tw/NCL_ISBNNet/C00_index.php?PHPSESSID=i3ppi8i5j76mlr0
144vl1vi4m0&Pfile=1513&KeepThis=true&TB_iframe=true&width=900&heig
ht=650

薛林榮：〈魯迅何時吟出傳世名詩「俯首甘為孺子牛」？〉，《人民政
協報》。

薛林榮：〈郁達夫魯迅如何聚餐？〉，《人民政協報》。

魏時煜，〈光影筆記：他們面對的高牆叫毛澤東　在胡風案六十周年之
際思考民主〉，《明報副刊·世紀》，2015 年 5 月 13 日。

蘇紹連：〈苦綠詩人溫健騮〉，「香港文化資料庫」網站：http://
hongkongcultures.blogspot.hk/2011/03/blog-post_22.html

Grace：〈洛夫：鄉愁是永遠治不好的病〉，《立場新聞》報道，2016 年
1 月 26 日：https://thestandnews.com/culture/ 文學家鄉 -3- 洛夫 - 鄉愁是永
遠治不好的病

〈詩是不會死的——紀弦談創作〉，《聯副電子報》第 4415 期，2013 年
9 月 20 日：http://paper.udn.com/udnpaper/PIC0004/244704/web/

〈指摘與堅持　橫眉冷對千夫指　俯首甘為孺子牛〉，《明報》通識網「古
文詩詞」，2014 年 10 月 22 日。

〈質疑諾貝爾文學獎頒給 Bob Dylan　評論家眾聲喧嘩〉，《本土新聞》，
2016 年 10 月 17 日：http://www.localpresshk.com/2016/10/bob-dylan/

The Favorite Poem Project, LIFE Magazine, October 1998, http://www.
melissafaygreene.com/pages/favpoem.html

〈冰心女兒吳青講述往事：冰心生命中埋下的一個心願〉，載於 http://
www.mindhave.com/ganrengushi/29921.html

〈佛羅斯特：未走之路〉，xuite 網誌：http://blog.xuite.net/vistara/
wretch/104155212- 佛羅斯特：未走之路

〈不僅僅是一首悼詩：蕭紅與戴望舒的交誼〉，轉載：http://blog.sina.com.cn/s/blog_40238a7101016q3d.html

〈詩人穆旦和他文革中的詩〉，載於「秋風秋雨」萬雅博客網誌：http://blog.creaders.net/u/7382/201406/183511.html

〈鵲華橋頭——卞之琳何處詠《斷章》〉，「半湖居士」網誌：http://blog.sina.com.cn/s/blog_4fa7c7e60100exlu.html

〈喊毛澤東「父親」的李廣田為何慘死蓮花池〉，阿波羅新聞網，2011年7月25日：http://hk.aboluowang.com/2011/0725/213267.html

〈臺灣詩人瘂弦：我能聞到天才身上的香味〉，「世界華人文壇」網誌：http://blog.sina.com.cn/s/blog_a374e018010172ak.html

〈也斯生平列表〉，「香港記憶」網頁（嶺南大學人文學科研究中心協助整理）：http://www.hkmemory.hk/collections/Yasi/Leung_Ping_Kwans_Selective_Chronology/index_cht.html

責任編輯	周怡玲
書籍設計	姚國豪

書　　名	有詩的時候
著　　者	區聞海

出　　版	三聯書店（香港）有限公司
	香港北角英皇道四九九號北角工業大廈二十樓
	JOINT PUBLISHING (H.K.) CO., LTD.
	20/F., North Point Industrial Building,
	499 King's Road, North Point, Hong Kong
香港發行	香港聯合書刊物流有限公司
	香港新界大埔汀麗路三十六號三字樓
印　　刷	美雅印刷製本有限公司
	香港九龍觀塘榮業街六號四樓 A 室
版　　次	二〇一七年十月香港第一版第一次印刷
規　　格	大三十二開（135mm × 205mm）三二八面
國際書號	ISBN 978-962-04-4259-9

三聯書店
http://jointpublishing.com

JPBooks.Plus
http://jpbooks.plus